乙女ゲームの攻略対象者筆頭に溺愛されています。

モブですらないのにナゼ?

棚から現ナマ
Tanakara Gennama

レジーナ文庫

クレア・ハートレイ
ハートレイ男爵家の長女。
妹と比べられ、虐げられてきた。
前世はおばちゃんだったため、
すこしお節介なところがある。
ライオネル
人懐っこい性格をしたイケメン。
幼少期にクレアに
助けられた過去を持つが、
その正体は……
クレア子ども時代
ライオネル子ども時代

登場人物紹介
ガーロ爺さん
ハートレイ男爵家の使用人。寡黙だが優しい性格。ライオネルを孫のように思っている。
ウィル
ファーガ商会の事務員。面倒見の良い性格で、クレアとライオネルの兄貴分。
パトリシア・ハートレイ
ハートレイ男爵家の次女。本来の乙女ゲームのヒロイン。妖精のように愛らしい外見とは裏腹に、苛烈な性格をしている。
リューライト・ザット・ワーカリッツ
隣国の王子で攻略対象者の1人。友好の証としてジンギシャール学園に入学してきた。

目次

乙女ゲームの攻略対象者筆頭に
溺愛されています。
モブですらないのにナゼ？

序章

「パトリシア・ハートレイ。何を血迷ったのかはわからないが、私が貴様と婚約など、もってのほかだ。お前のような毒婦《どくふ》を私が相手にするとでも思っているのかっ」

この国の第二王子であるライオネル・ガイシアス・ジンギシャールは、目の前に佇《たたず》む少女に対して声を荒らげる。

「毒婦《どくふ》とは、あんまりではありませんか。私が何をしたとおっしゃるのですか」

ライオネルに指差され断罪されている少女は、身を震わせながら、それでもライオネルへと強い眼差しを向ける。

パトリシア・ハートレイ。この国の男爵家の次女だ。貴族としては下級の家で、決して身分の高い家柄の娘ではない。

それでも、流れるようなハニーピンクの髪に、緑がかった濃いブルーの瞳。ふっくらとした赤い唇に、透き通るような白い肌をしている。華奢《きゃしゃ》な身体は酷く庇護欲をかき立てるし、そのくせ豊かな胸と、くびれた腰は妖艶な魅力を醸し出している。

どこから見ても類稀《たぐいまれ》なる美少女だ。

どんな男性であろうと、パトリシアを一目見たら、心惹かれずにはいられないだろう。

パトリシアは、そんな物語のヒロインのような少女なのだ。

ヒロインのような……

そう、ヒロインなのだ。パトリシア・ハートレイはれっきとした乙女ゲームのヒロインなのだ。

私が前世でプレイしていた乙女ゲーム『君の瞳の中の僕の恋心』。

よくあるストーリーの、ありきたりなゲームで、それほどブレイクしたわけではなかったが、私のツボにはハマり、もの凄くやり込んでいた。

ゲームが上手くない私は何度も何度もやり直し、それでも、エンディングになんとか辿り着いた……そんなゲームだったのだ。

主人公であるヒロインのデフォルトネームはパトリシア・ハートレイ。

名前は勿論、美しい容姿も学園での立ち位置も、彼女以外の登場人物も、その全てが私の知っている乙女ゲームと一致している。

この世界は乙女ゲームそのものなのだ。


それなのに、この修羅場《しゅらば》はなんなのか。

みんなから愛され守られるはずのヒロインが、酷い言葉を投げつけられ、冷たい床で泣き崩れている。

おかしい。この状況は、おかしい。

泣き伏すパトリシアを見つめながら、私は混乱する。

約一年前、ヒロインと攻略対象者たちが学園に入学してきた。さあ、乙女ゲームのスタートだと私は思ったのだ。

それなのに、私の記憶の中にある乙女ゲームとは、徐々に違っていった。

ストーリーもイベントも、フラグさえもが、だんだんと違うものへと変わっていった。

そしてこの状況だ。

なぜヒロインのパトリシアが、攻略対象者筆頭の第二王子に断罪されているのか。乙女ゲームの断罪イベントは、決してヒロインが詰《なじ》られ、罵倒されるものではないはずだ。

そもそも、この断罪イベントが行われている時期からしておかしい。

今は、ヒロインが入学した年度の卒業式なのだ。本来の乙女ゲームでは、二年制の学園をヒロインが卒業する時、自身の卒業式の場で断罪イベントが行われるはずなのだ。

悪役令嬢を断罪し、ヒロイン自らが選んだ攻略対象者と手を取り、学園を卒業していく。

そんなハッピーエンドのはずなのに……

「しらばっくれるのか！　お前が愛してやまない私のクレアに対して行った、数々の悪行は、全てわかっているのだ」

「酷いっ。私は何もしておりません」

「黙れ。言い逃れするのか、往生際が悪いぞ」

ライオネル（攻略対象者）とパトリシア（ヒロイン）の言い争いは、ヒートアップしていく。

ここは、卒業式後のパーティー会場だ。

主役の卒業生たちは勿論、在校生に教職員や来賓《らいひん》の父兄たち、この学園に関わる全員がいるといっていい場所だ。そんな大勢の人々がいる会場の中央で、二人は言い争っているのだ。

いや違う。二人ではない。

ライオネルの後ろには、側近といわれる、宰相の息子、騎士団長の息子、公爵家の双子が控えているし、ライオネルは愛しそうに一人の少女の肩を抱いている。

ライオネルは、パトリシアに向ける氷のような眼差しからは考えられないような、蕩《とろ》けるような甘い瞳を傍らの少女に向けている。

こげ茶色の髪に、黒に近いこげ茶色の瞳。醜いわけではないが、ぱっとしない顔立ちで、地味な印象の少女だ。眼前のパトリシアの輝くような美しさとは、あまりにもかけ離れている。

しかし、この少女は、パトリシアの血を分けた実の姉にして、ハートレイ男爵家の長女……


私だーーーーーっ!!

待てっ!! まてまてまてまてっ。まてぇいっ! おかしいっ。おかしいでしょうがっ!

なぜに私がヒロインポジションにいるのよぉっ。

なぜに攻略対象者の王子様に、肩なんて抱き寄せられているのよ。

おかしいでしょう、おかしいし、間違っているでしょう。

だって私はヒロインの姉。乙女ゲームには登場していない。

勿論登場人物紹介にも出ていないし、なんならゲーム画面にもチラリとも登場しない。

ゲームの登場人物ではない。モブですらない、無関係な人間なのよ。

ゲームには一切関係のない人間なのよ。

それなのに、何でどうして、こうなった？


パニックを起こした私は、ライオネルの腕から逃れようと身を捩《よじ》る。

なぜ私が乙女ゲームのイベントの当事者になっているのか。

なぜ断罪イベントに巻き込まれているのか。

この乙女ゲームのシナリオはおかしすぎない？

私は乙女ゲームに巻き込まれたくない。この場から逃れたい。切実に逃げ出したい。

だって関係ないっ。私は関係ないはずなのだからっ。

真正面から見つめてくる妹の目が恐ろしい。

それに、両親も卒業式に参列していたから、会場のどこからか、この断罪劇を見ていたはずだ。後でどれほど叱責《しっせき》されるか……貧血を起こしそうだ。

しかし、私の抵抗は、この状況を少したりとも変えることは出来なかった。

ライオネルの腕はガッチリと私の肩を抱きしめており、身動きさえままならない。痩身に見えるライオネルだが、騎士団にも所属しているだけあって、隠れマッチョなのかもしれない。

「ああ、クレア。心配しなくても大丈夫だ。もう君を傷つける者はいない。私がクレアを守ると誓おう」

私の抵抗に対して、明後日の解釈をしたライオネルは、あろうことかガッチリと私の肩を抱いたまま、自分に引き寄せると、私の頭にキスをしたのだ。


『キャア〜〜〜！』


周りの令嬢たちから、黄色い歓声（？）が沸き起こる。

うっとりと目を潤《うる》ませる令嬢。頬を染め、夢見心地で、こちらを見ている令嬢。

男性たちはというと、微笑ましげな視線を送ってくる者や、なぜかウンウンと頷いている者たちもいる。

おかしくないか？

今は、乙女ゲームでいう所の『断罪シーン』。緊張感溢れる、殺伐《さつばつ》とした雰囲気のシーンのはずだ。

本来のヒロインが悪役令嬢ポジションだったり、王子の相手が、モブですらないヒロインの姉だったりと、おかしい所は多々あるが、それはひとまず置いておいて……

少なくとも、こんな『おいおい、見せつけてくれるなよ～、見ているこっちの方が恥ずかしくなっちまうぜ』的な場面では決してないはず。

周りの、この生温かさはなんなの？

私は一瞬あっけにとられたが、はっと気づくと、ライオネルから再度離れようと慌てて胸を押す。

「フフフ。恥ずかしがるクレアは、一段と可愛らしいね」

私のプッシュ攻撃は何の役にも立たなかったどころか、ライオネルのイチャイチャ心に火を点けたらしい。今度は私の頭頂部に自分の頬をスリスリとすり付けだした。

周りの令嬢たちからまたも黄色い歓声（？）が沸き起こる。

もうやだコイツ。相手が嫌がっていることに気づけよ。

肩を抱く腕の力を抜けっ！

どうしても逃げ出せず、私は諦めの気持ちになってしまい無駄な抵抗をやめる。

地味で、美しさの欠片もない私に甘々なライオネルは、乙女ゲームの中の攻略対象者であるライオネルとはまったく違う。もはや別人だ。

ゲームの中のライオネルは『完全無欠の王子』と呼ばれていた。尊大《そんだい》で他者の心を思いやるような人物ではなく、他者にも完璧を求め妥協を許さない。

そんなライオネルに付いていける者はいない。

ライオネルに近づこうとする者は、その身分を利用しようとする卑しい者か、ライオネルの寵愛《ちょうあい》を手に入れ、玉の輿《こし》に乗ろうとする強欲な女性たちばかりだった。

心を許す者、親しい者はライオネルの周りには誰もいないのだ。側近といわれる身近な者たちとさえ、心を通わせてはおらず、冷たい関係でしかなかった。

本人さえ気が付いてはいないのだが、ライオネルは孤独に苛《さいな》まれていたのだ。

そんなライオネルの心の中に入り込み、その孤独な心を癒すのは、ヒロインである、パトリシアだ。彼女によって、ライオネルの心は救われていく。

そんな攻略対象者の筆頭であるライオネルなのだが、なかなかデレてはくれない。

攻略するのはとても難しいキャラなのだ。

様々なイベントをクリアし、数多《あまた》ある選択肢を間違えないよう、細心の注意をはらい正解へと辿り着かなければならない。それに好感度が上昇していても気は抜けない。選択肢を何か一つでも間違うと、好感度はすぐに大幅にダウンしてしまう。

本当に難しい相手なのだ。一度好感度が下がると、再度上げるのはほぼ無理で、前世の私は何度ゲームをやり直したことか。


チラリとライオネルへと視線を向ける。私の視線に気づいたライオネルは、蕩《とろ》けるような視線と共に甘い微笑みを送り返してくる。

そして、そのまま頬にキスしてこようとするので、慌ててブロックする。

違う。ゲームのライオネルとは、まったく違う。

ライオネルが、ゲームと違ってしまったのは……

ライオネルの性格がこんなになってしまったのは……


実は私とライオネルは、幼い頃からの知り合いだ。乙女ゲームが開始する、ずっとずぅーっと前からの知り合いなのだ。

この世界がゲームの世界にそっくりだということを知らなかった頃の私は、ライオネルを引っ張りまわしていた。

ライオネルの物の見方や価値観は、私の横やりで、ぜーんぶ変わってしまったのかもしれない。

それに孤独なライオネルにまとわりついて『孤独ぅ、なにそれ美味しいの？』状態にしていた自覚はある。

もしかして、ライオネルの性格が、ゲームと違ってしまったのは、私のせい？

もしかして、もしかしてだけど、ライオネルが私のことを可愛いなどと間違った認識をしてしまったのは、ライオネルに変な影響を与えて、美人の基準を私が変えてしまったから？

もしかして、もしかして、もしかしてだけど、攻略対象者筆頭の心を変えてしまったから、乙女ゲームのストーリーも変わってしまった？

それって全部ぜーんぶ、私のせい？　私が原因？

この状況は……自業自得？

うわー、マジかよー。自分の考えに打ちのめされる。

そのまま力が抜けた私は、ライオネルにもたれかかってしまう。

するとライオネルは笑みを深めて、再び頬にキスしてこようとするから、またしても慌ててブロックをする。

周りの令嬢たちには、私たちがイチャイチャしているように見えるのか、三度《みたび》黄色い歓声（？）が上がるのだった。

おかしなイベントの中、考える。なぜこうなってしまったのかと。

幼いライオネルとの出会いが、乙女ゲームのストーリーを変える原因になってしまったというのなら、なぜ私はライオネルと出会ってしまったのだろう。

ライオネルと過ごした日々の中、何が彼を変えたのだろう。

私は幼かったあの頃に、思いを馳《は》せるのだった。

第一章　男爵家の姉妹

「あんた、また私の物を盗ったでしょう！　返しなさいよ！」

男爵家の居間に響き渡る、令嬢とは思えない罵声《ばせい》に、使用人たちはまたかと顔を顰《しか》める。

「お、お姉さま、違います。盗ってなどいません」

「はぁ？　盗ってないですって。じゃあ、あんたが手に持っているのは何よ。私のブローチじゃない。この泥棒っ！」

「泥棒だなんて、お姉さま、あんまりです」

泥棒と呼ばれた少女は、泣きそうになりながらも懸命に姉に話しかけている。

使用人たちの前で騒動を繰り広げている二人は、この屋敷の令嬢たちだ。

罵倒しているのは姉のクレア。泣きそうになっているのが妹のパトリシア。

同じ両親を持つ年子の姉妹だが、その容姿はまるで違っていた。

クレアは、こげ茶の髪に黒に近いこげ茶の瞳。肩甲骨辺りまで伸びた髪を、後ろで一つに束ねている。容姿は残念なことに美人とはいえない。ブスではないが、かといって可愛いとも言い難い。まあ、そんな感じだ。

反対に妹のパトリシアは、絶世の美少女だった。艶《つや》のあるハニーピンクの髪は、いつもキラキラと輝き複雑に編み込まれ、多くの小さな花が飾られている。長いまつ毛に縁《ふち》どられた瞳の色は緑がかった濃いブルーで、吸い込まれそうな深い色合いをしている。滑るような白い肌に、ぷっくりとした赤い唇。フワフワとしたピンクのドレスと相まって、地上に舞い降りた天使のような愛らしさだ。

「ちょっと近づかないでよ、あんたに近寄られると、虫唾《むしず》が走るのよっ」

「お姉さま、話を聞いてください」

「近づくなって言ってるでしょ。あんたが近づくとロクでもないことばっかりなんだからっ！」

クレアは、縋《すが》ろうとする妹を身を捩《よじ》ってかわす。

元々がイケていない容姿のクレアだ。目を吊り上げ凄む顔は酷く歪《ゆが》んでおり、まるで絵に描いた悪役令嬢のようだった。

使用人たちは令嬢たちを諫《いさ》めることも、手を出して止めることも出来ない。

誰か、愛らしいパトリシアを、醜く理不尽《りふじん》な姉から早く救い出してほしいと、ハラハラしながら見守ることしか出来ないのだ。

言い争いが起こってすぐに、使用人の一人が仲裁出来る人物を呼びに行っている。パトリシアの助けが早く到着することを使用人たちは今か今かと待っているのだ。

「クレアっ！　何度言ったらわかるんだ。パトリシアを虐《いじ》めるのはやめろ！」

大きな声を上げながら居間に入ってきたのは、男爵家の長男グレイシス。クレアの二歳上の兄だ。

使用人たちは、パトリシアの強い味方が現れ、目に見えてホッとした顔をした。

使用人たちの表情や兄の物言いで、クレアは自分の味方がこの居間には一人もいないことに気が付いた。

とはいっても、元からこの屋敷の中に、クレアの味方などいないのだけど。

「ふんっ！　早く、そのブローチを返しなさいよっ」

クレアは、パトリシアが両手で大事そうに持っているブローチに手を伸ばす。さっさと奪い返して、この敵陣営から出ていこうと思ったのだ。

どうせここで、このブローチは元々クレアの物で、パトリシアに奪い取られたものなのだと自分の正当性をいくら訴えた所で、誰一人として耳を傾けてはくれないのだから。

「きゃあっ」

いきなりクレアの手が伸びてきたことにビックリしたパトリシアは、ブローチをギュッと握りしめ後ずさった。

パトリシアへと伸びていたクレアの手は宙を掴み、クレアはそのまま体勢を崩し、前のめりに倒れ込んでいく。

「お姉さまっ!!」

「クレア!」

「お嬢様!」

みんなの声はクレアには届かなかった。

倒れた拍子に、テーブルの脚に頭をぶつけたクレアは、そのまま意識を手放してしまったからだ。

◇◇◇

母は、絶世の美女とまで謳《うた》われた人だった。

見事な金髪を煌《きら》めかせ、瞳は翡翠《ひすい》を思わせる深緑。神が創ったと思われるほどに整った顔立ちに、華奢《きゃしゃ》なのに豊かな胸、くびれた腰を持つ、抜群のプロポーションをしていた。

ただの村娘だったが、領地を見回っていた領主の息子に見初められ、妾《めかけ》ではなく正妻として迎え入れられた。ありえないほどの玉の輿《こし》だ。本当だったら、どんなに美しくても、小金持ちの商人の妾《めかけ》になるのがせいぜいなのだから。

母は『美』があったからこそ周りからチヤホヤされ、贅沢が出来、権力さえも手に入れた。

母にとっては『美』こそが、正義であり、全てだった。

そんな母は、自分の美貌《びぼう》を受け継ぐ娘を欲しがっていた。

社交界で、美しい母娘として羨望の眼差しを向けられたかったのだ。

しかし、第二子として授かった娘の顔を見た時、自分とまったく似ていないことに気が付いた。美しさの欠片もない、醜い娘。


……母は娘に嫌悪感を持った。

絶世の美女と謳《うた》われる自分の娘が醜いなど、プライドがへし折られた気がしたのだ。

母は、娘を構うことはなかった。拒絶したという方が正しい。娘は順風満帆であった自分の人生の唯一の汚点とさえ思ってしまったのだ。

もう妊娠はしたくなかった。こりごりだったのだ。

しかし、貴族の妻には後継ぎと、そのスペアを産む義務がある。

せっかく平民から成り上がった母にすれば、貴族の妻の座を他人に明け渡す気はサラサラなかった。

すぐに子どもを産んだ。だが、またも娘だった。期待していなかった娘が生まれてウンザリした。

何度子どもを産まなければならないのだろう。出産をするたびにプロポーションが崩れるかもしれないと思うと恐ろしい。

しかし、そんな思いは生まれた娘を見た瞬間、消し飛んだ。

そこにいたのは天使と見まごうばかりの愛らしい赤ちゃんだったのだから。自分の美《び》貌《ぼう》を受け継いだ、望んでいた娘だった。

母は、娘に自らパトリシアと名付け、溺愛した。

貴族の夫。跡取りの長男、自らの美貌《びぼう》を受け継いだ愛する娘、遅くに出来たスペアの次男。

子どもを産んだ後も、母の美貌《びぼう》が衰《おとろ》えることはなかった。母がつくり上げた家庭は完璧で、人生は満ち足りている。


じゃあ、私は？

私はなんなの？　どこにいればいいの。クレアが泣き叫んでいる。

私に微笑んで。私に話しかけて。どうして私を見てくれないの。どうして抱きしめてくれないの。どうして、どうして、どうして……

クレアを愛してくれる人、抱きしめてくれる人はいない。

母も、美貌《びぼう》の母が自慢の父も、周りの意見しか聞かない兄も、溺愛されることに慣れきってしまっている妹も、何もわからず、ただ私を責め立てる弟も。

そして、母の顔色を窺い妹に媚びへつらう使用人たちも。

全ての者がクレアを蔑《さげす》み糾弾《きゅうだん》する。

クレアの慟哭《どうこく》が頭の中で響く。

幼いクレアのあまりにも寂しい生活《じんせい》が走馬灯《そうまとう》のように映し出される。

クレア、泣かないで。私がクレアを抱きしめてあげられたらいいのに……

幾筋もの涙がこめかみを流れていく。

目を開けると、そこは自分の、というかクレアの部屋。貴族の令嬢のものとは思えないほどの質素な狭い部屋。

頭が重く、右のこめかみ辺りが疼く。

ああ、頭を打ったんだ……と、ぼんやりと思い出す。

周りを見回しても、自分以外誰もいない。気を失って寝込んでいても、誰一人気にかけてくれる人はいない。

可哀そうなクレア。自分を両手で抱きしめる。

「大丈夫だよクレア。私がいるよ。クレアと一緒にいるよ」

自分の中にいるクレアに言い聞かせる。

そう、前世を思い出したのだ。

ただの『おばちゃん』だった前世を。

思い出したといっても、自分の名前も家族のことも、ハッキリとは思い出せていない。

ただ思い出したのは、自分は前世で女性として生きていたということ。それぐらい。

小さな手をかざす。クレアは今十歳。

ボンヤリとしか思い出せなくても、おばちゃんだった大人の意識が、幼いクレアの意識を呑み込んでしまった。

幼いクレアの今までの世界は屋敷の中だけにしかなくて、その中で、親の愛が、家族の愛が、使用人たちからの好意が、欲しくて、欲しくて。

それなのに欠片も貰えなくて、傷ついていたクレア。泣いていたクレア。

クレアの言葉は誰一人にも通じない。強請《ねだ》っても、求めても。ワガママだとか、強情だとか、癇癪《かんしゃく》だとかと決めつけられて、いつも可愛い妹と比べられる。素直で明るい妹と、いつもヒステリーを起こしている姉。

ねえ、クレア。

偽物の愛情なんて要らないと思わない？

自分を好きでもない人たちからの愛情なんて要らないよね。貰おうなんて思わない。

ねえ、クレア。

こんな家、要らないと思わない？

親も家族も使用人たちも、クレアにとって必要な人なんて、誰一人いないじゃない。

自分の居場所のない家なんて要らないよね。

ねえ、クレア。クレアは何が欲しい？　何が必要？

欲しい物は、取りに行こうよ。欲しい欲しいと思っているだけじゃダメなんだよ。おばちゃんと一緒に掴み取ろうよ。

ねえ、クレア。安心していいよ。

おばちゃんは凄いよ。グイグイいくからね。ズーズーしくて、ふてぶてしくて、遠慮なんかなくて。そんなおばちゃんがクレアを守るよ。

だからね、笑おう。暗い心なんて吹き飛ばそうよ。寂しくて泣いているだけなんて馬鹿らしいじゃない。もったいないよ。

好きな人を見つけよう。家族をつくろう。いつでも笑える、笑っていられる家庭をつくろう。幸せになるんだよ。おばちゃんと一緒に幸せになろうよ。

泣いていたクレアが、少し笑った気がした。

◇　◇　◇

鏡に映った自分を見る。

ぱっとしないこげ茶の髪。奥二重の瞳は黒に近い茶色。高くはない鼻。微妙な厚みの唇。肌は白い方だと思う。

中の上……すみません。見栄《みえ》を張りました。中の中。いや、中の下ぐらいにはいけるはず。見ようによっては可愛いと、思わなくもないかも。本人の希望的には。決してブサイクまでは……いかないはず……いかないだろう……いかない……よね。

この国の貴族は、爵位が高くなればなるほど美形率が高くなっていくようだ。王族なんて目が潰れそうになるほどキラキラしているらしい。お目にかかったことはないけれど。

そんな貴族の世界では、クレアはブッチギリのブサイクだ。

貴族は人にしろ、物にしろ、『美しいもの』を好むから、クレアが社交界に出れば、つまはじきか笑いものにされるのがオチだと思う。

そんな社交界、行かなくても良くない？

おばちゃんは前世、ただのおばちゃんだった。きっと、スーパーでネギを買って、買い物かごから覗かせて歩いているような、そんなおばちゃんだったはず。

だから、貴族に未練はない。

というか、貴族になんか、なりたくない。男爵令嬢という肩書きは要らない。

庶民になろう。

だって、庶民の中なら、クレアのブサイクは、ブサイクまではいかない……はず。中の下って所から、真ん中ぐらいに入れるはずだ。

庶民の中でなら、愛する人を見つけて、その人から愛してもらえるかもしれない。

愛し愛される恋愛結婚をして、幸せな未来があるかもしれない。

小さな手をグッと握りしめ、決意を固める。

ん、ちょっと待って。

……ゴメン、クレア。おばちゃん、なんとなく喪女だった気がする。ろくに思い出せないけど、夫どころか彼氏がいた気がしない。キャッキャウフフの記憶を思い出せないというか、たぶん元からない。

クレアの意識をおばちゃんの心が占めている今、出来るのか？　コミュ力が必須の『いや～ん、○○君たら～』的な『ウフフ、ひ・み・つ♡』的なヤツを……

がっくりと膝をつく。

庶民の中に入って、ラブラブな恋愛をしようなんて、だいそれたことを考えてしまった自分が情けない。

遠い目をしてしまったが、考えてみる。

自分自身を愛してくれる人を見つけたい。そして、その人の側にいたい。

家族を、家庭をつくりたい。それがクレアの望みだ。

でも、愛する人が伴侶《はんりょ》である必要はない。いや、そりゃ～彼氏は欲しい。非常に欲しい。絶対に欲しい。前世から換算すると、彼氏いない歴何十年になるのかはわからないけれど。

でも、伴侶《はんりょ》にこだわる必要はなくない？

愛する人の種類はいっぱいあるはず。親だったり、子どもだったり、友人だったり……結婚は勿論したいが、出来なくたって家族はつくれる。

言っちゃ悪いがこの世界、福祉が行き届いていない。孤児とかゴロゴロいるらしい。そして、養子縁組は容易なようだ。独身だろうと、若かろうと、養子を迎えることが出来そうだ。

クレアが一番求めているのは、愛し愛される家族をつくること。

頑張れば、家族や家庭をつくれるはずだ。

目標は決まった！

ならば、すぐに目標に向かって行動するのみ。

男爵家を出よう。そうして庶民になるのだっ！

……とは、ならない。

おばちゃんですからね、軽はずみな行動はとりませんよ。

クレアは、まだ十歳。家を出て、一人で生きていくには無理がある。

だからと言って、ダラダラと大人になるのを待っているのはダメだ。一応クレアは貴族令嬢なので、いつ家の駒として嫁に出されるかわからないから。

一日でも早く、この家を出て一人で生きていけるよう、準備をしておかないといけない。

そのために、何をすべきか……。前世での人生経験を今こそ生かすべき！　なんせおばちゃんでしたからね。

まずは、お金。お金を貯めよう。

一番大事。お金。お金さえあれば、大概のことは叶う。いかにしてお金を手に入れるかを考えなければならない。

次に、情報。情報を集めよう。

おばちゃんとしての知識で改めて考えると、この世界は、何だかおかしい。

自分が男爵令嬢だと知って、驚いて、そんな身分制度があるってことはイギリスとかの外国かと思ったけど、どうも違う。テレビもないし、電話もない。じゃあタイムスリップして過去に行ったのかと思ったけど、それも違う。

そもそも生活様式が違っている。クレアの記憶から判断するに、この世界は、おばちゃんの生活していたのとは違う世界らしい。

それにまずは物価を知る必要がある。今のクレアはパン一個の値段も知らない。

家を借りる家賃の相場も知らないし、家を借りる方法もわからない。庶民の生活事情がまるでわからない。少しずつでも調べていかなければならない。

一番痛いのが、クレアは屋敷から出たことがない箱入り娘だということだ。（まあ、お母様がブサイクを他の人たちに見せたくなかったからという理由なのだが）この男爵家の外がどうなっているのかを、まるで知らないのだ。

この家から出て、どのくらいで一番近い街へ行くことが出来るのか。男爵家の領地はどうなっているのか。あまりにも知らなすぎる。

貴族令嬢だから、家庭教師に礼儀作法や勉強は習ってはいるけれど、家庭教師から習う勉強の中には、庶民生活に役立つものは何もないようだ。

一人で生きていくための計画を立て、それを実行するため、少しずつでも目標をクリアして、一日も早く家出をしよう。

そう心に決め、フンスと鼻息荒く握りこぶしを作るクレアなのだった。

さあ、まずはお金について考えよう。クレアの持ち物は少ない。そして、高価なものはほとんどない。妹のパトリシアとの格差が激しい。

今更そんなことを嘆きはしないが、お金をつくりたい今、愚痴《ぐち》りたくはなる。

独立費用の資金源にするため、何か売り飛ばせるようなものはないか、貴族令嬢にしては狭い部屋の中を探して回る。

母親がたまーに気が向いた時にアクセサリーや小物をくれることもあるが、そのほとんどをパトリシアに奪い取られ、今は手元には何もない。

甘やかされたパトリシアは毎日のようにアクセサリーやドレスを買ってもらっているのに、クレアが何か一つでも貰うと、それが気に喰わないらしい。必ず奪いにやってきて、クレアとひと悶着《もんちゃく》を起こして持っていってしまう。

愛情に飢えていたクレアは、親から貰った物は、それが何であろうと宝物だったから、怒って泣き喚《わめ》いて取り返しに行っていた。

周りの人々は、まさかパトリシアがクレアの物を奪うなんて思いもしないから、理不尽《りふじん》な言いがかりをつけてか弱い妹を虐《いじ》める、醜い姉に見えていたのだろう。

いつも非難されるのはクレアだったし、両親に訴えても、はなからパトリシアの味方しかしなかったしね。

〝パン〟と両頬を叩いて気合を入れると、暗い気持ちを追い払う。

もう過去は振り返らないよ。さあさあ、希望に向かって、ガンバロウ！

小物入れや飾り棚。売れるものを探して、次々と引き出しを開けていく。思ったようなものはない。というか、何にもない。

うーん、どうやって資金を捻出《ねんしゅつ》したものか……

作り付けのクローゼットの中を見ると、数着のドレスが目に入る。

貴族令嬢にしては凄く少ない上に、作りも質素な物ばかりだが、構わず見ていく。

両親のクレアに対する態度を知っている使用人たちは、クレアのことは手抜きして、放置ぎみだった。おかげでクレアの部屋は、あまり整理されていない。十歳の子ども、それも貴族令嬢は部屋の掃除なんか自分ではしないしね。

クローゼットの中には、小さくなって着られなくなったドレスが数着入ったままだ。

あ、これは使える。

クローゼットの中から、小さくなったドレスを引っ張り出す。

このドレス、売っ払えるんじゃない？

たぶん、このドレスは忘れられたヤツだろうし、なくなったって、誰も気づかないだろう。

そうと決まれば、早速物入れの中から裁縫道具を取り出してくる。貴族令嬢の手習いとして刺繍《ししゅう》を習わされているから、裁縫道具は持っている。その中から糸切りバサミを取り出すと、早速ドレスを分解し始める。

ドレスをそのまま売ったら、足がつくかもしれない。

それに、街で貴族令嬢のドレスを買う庶民はいない。ドレスを着る機会など庶民にはなかなかないからだ。子ども用のドレスなら、なおさら買い手はつかないだろう。

それだったらレースやビーズ、ハギレとしてパーツごとに分解して売った方が、買い取ってもらえると思う。

逆にドレス一着として売るより、分解したパーツの方が値段が上がるかもしれない。

欲にまみれた想像をしながら、せっせと数着のドレスを分解していく。丁寧に作業しないと単価が下がってしまう。慎重に、慎重に。

ふと思い立つ。

切り分けた布に刺繍《ししゅう》をしてみたらどうだろう。貴族令嬢の嗜《たしな》みとして刺繍《ししゅう》を習うのは、この国では当たり前のことだ。

しかし、庶民の中には刺繍《ししゅう》をする者はいない。職業としてのお針子さんたちはいるかもしれないけど、人数は絶対的に少ない。

何もないよりも、刺繍《ししゅう》がある方が絶対値段が上がるはず。ハギレの値段を上げられるのではないだろうか。

おばちゃんの記憶の中にある『ラノベ』という物語では、前世を持つ人には『チート』というものが備わっていた。

めちゃくちゃ美味しいご飯を作って、イケメンの胃袋を掴みまくったり、今世にはない、コンディショナーや美容液など美容品を作って、国一番の商人になったりと、様々な主人公が描かれていた。

こう見えて、おばちゃんも転生者。あるのではないでしょうか『チート』が。

ここで刺繍《ししゅう》の腕前が花開き、誰をも唸《うな》らせるようなものがガンガン出来るのでは？

そうなれば、あっという間に自立資金は貯まるはず。

その上、その後の生活も安定するというものですよ。

ムフーッ。クレアは鼻息荒く刺繍《ししゅう》を始めるのだった。


そして、数時間後。お釈迦様《しゃかさま》よりも深い悟りを開いてしまいました。

いや、もうね。わかっていました。わかっていましたとも。世の中そんなに上手くはいかないってね。

物語と現実は違うって、知っていましたとも。

だって、前世は酸《す》いも甘いも噛み分けてきた、おばちゃんでしたから。

自分の手の中にある、可愛い猫ちゃんが刺繍《ししゅう》されているはずのハギレには、どう見てもゴツイ熊が刺繍《ししゅう》されているって事実にもガッカリなんてしません。

ハッキリと悟りました。身の程を知りました。

前世の記憶があったとしても、クレアには『チート』はないってね。その上、刺繍《ししゅう》の腕は下手くそだと。

ああ、ハギレを一枚無駄にしてしまった……

いやいやいや、ゴツイ熊のハギレは、二枚重ねにしてハンカチを作りましょう。個性が光る小物として自分用に活用出来ることでしょう。

気を取り直して、作業を続ける。注意をしないといけないのは、たまにやってくる侍女たちだ。

クレアは一応お嬢様なので、侍女たちが部屋の掃除や片づけをしてくれる。まあ、おばちゃん目線で見ると、メッチャ手抜きでやる気がない。

侍女たちに内職作業を見られると、必ずお母様にチクられるはず。

お母様は、クレアのやることは全て否定から入るので、最悪この収入源を取り上げられる可能性がある。それは避けなければ。

そして、一番やっかいなのはパトリシア。こいつは人の部屋に入るのにノックもしない。クレアが何をしていても、何を持っていても、邪魔をして奪わなければ気に入らない。

こんなドレスを分解したぼろくずでも、クレアから奪うことに意義があるので、全てを持っていってしまうはず。

阻止しようとすれば、パトリシアはお得意の泣き落としを披露して、またも悪役クレアの登場になってしまう。みんなから責め立てられ、品物はパトリシアの手に渡り、二度と戻ってこないだろう。

なんとしても阻止しなければ。

独立費用の捻出《ねんしゅつ》は、秘密裏にコツコツと進めていかなければならない。

慣れない作業で手に傷を作ったり、目がショボショボしたりと結構大変だったけど、目的がある今は頑張れる。

隠しながら、なんとか三着分の子ども用ドレスを分解するのに、三週間の時間を要してしまったのだった。

さあ、自立への第一歩。

資金づくりに街へとまいりましょうか。前世のおばちゃんスキルを活かして、高く買い取ってもらえるよう交渉しよう。頑張りますとも。

解体したドレスを握りしめ、まだ見ぬ街へと思いを馳《は》せるクレアだった。

◇◇◇

「本当に、この服を貰ってもいいの？」

クレアは手に持った上着を広げる。十歳前後の男児用の上着だ。折りたたまれたズボンも足元に置いてある。

「ああ、息子の子どもの頃のやつだ。そんなヨレヨレの服なんざ、後は捨てるだけだ。嬢ちゃんの役に立つなら、いくらでも持っていってくれ」

剪定《せんてい》バサミの手入れをしながら、庭師のガーロ爺さんが、こちらを見もしないで返事をする。

ぶっきらぼうなガーロ爺さんだが、それは全て照れ隠しだということをクレアは知っている。

ここはガーロ爺さんの家。というか小屋だ。

少し広めの土間の奥に部屋が一つ。それだけの間取り。

この小屋は、ハートトレイ男爵家の敷地の一番端に建っている使用人棟の一つだ。棟なんて、おこがましいけれど。

クレアは、よくここにお邪魔させてもらっている。

二年ぐらい前、いつものようにパトリシアと喧嘩して、クレアは泣きながら庭の奥で一人で泣いていた。

そこに居合わせたガーロ爺さんがクレアをこの小屋へ連れてきてくれて、慰めてくれたのが始まりだ。ガーロ爺さんはあまり喋るのが得意じゃないから、慰めるといっても、収穫してきたリンゴを一つくれただけだったけど。

誰も寄り添ってくれない寂しさと、誰も自分の話を聞いてくれないもどかしさや悲しさで隠れて泣いていたクレアにとって、ガーロ爺さんの優しさは、嬉しくてたまらないものだった。

それからクレアは、ガーロ爺さんの所に遊びに行くようになった。

他の使用人たちに見つかると何を言われるかわからないし、ガーロ爺さんに迷惑がかかるのが嫌だったから、そんなに頻繁《ひんぱん》には行けなかったけれど。

クレアは街へ行きたいということをガーロ爺さんに相談した。

街の場所も、行き方さえも知らないクレアに対して、ガーロ爺さんは反対した。

小さな女の子が一人で街へ行くなんて、無謀なことかもしれない。

クレアは、この世界の常識をよく知らないし、どんな危険があるかわからない。

どうしても行きたいのならば、一緒に行こうかとも言ってくれた。

でも、これから一人で生きていこうと思っているのに、毎回ガーロ爺さんに付いてきてもらうわけにはいかない。

クレアの生まれた、ここジンギシャール国は現在、他の国とのもめ事はなく、王家のゴタゴタもないらしい。国内外ともに安定している。

それに、クレアが住んでいる男爵家から一番近いネライトラの街は、ネライトラ公爵様の領地で、公爵様の抱える騎士団により警邏《けいら》が頻繁《ひんぱん》に行われているため、治安はとてもいい。

まあ、だからといって、絶対安全なんていうわけではないけれども。

ネライトラの街まで子どもの足で歩いて一時間ほどかかるとガーロ爺さんが教えてくれた。往復二時間は痛いけれど、行けない距離じゃない。

ガーロ爺さんに色々なことを聞き、どうすれば安全に街に行けるのかを考えた。

そして、決めたことは三つ。

一つ目は、街へ行く時は、庶民の恰好をすること。

それも少し経済状態がよろしくない雰囲気の子どもに成りすますことにした。

いくらパトリシアのようにフワフワフリフリのドレスではなく、地味なドレスを着ているとはいっても、やはり庶民とは違う。

それに、クレアは令嬢教育を受けているから姿勢がいいし、所作も綺麗だ。いい所の嬢ちゃんとすぐにバレてしまうだろう。それでも服を替えるだけで、随分と印象は変わる。そのためにガーロ爺さんの息子さんの服を貰ったのだ。

二つ目は、女の子ではなく、男の子のフリをすること。

女の子と男の子では、リスクが随分違うと思う。少しでもリスクを下げたいなら、男の子の方がいいだろう。クレアは今十歳だから、性差はあまりない。ガーロ爺さんの息子さんの服を着れば、男の子に見えるだろう。

そして三つ目。ガーロ爺さんの家から出発して、ガーロ爺さんの家へと戻ってくるということ。

ガーロ爺さんの家は、敷地の一番端にあり、見ようによってはハートトレイ男爵家と関係のない小屋のように見えるのだ。この小屋からやや汚い恰好をした子どもが出てきても、誰も貴族のお嬢様だとは思わないだろうし、男爵家と関わりがあるとも思わないはずだ。

完璧ではないだろうか。

ガーロ爺さんも賛成してくれて、息子さんの服を提供してくれたのだ。早くに独立された息子さんの小さい頃の服は思い入れのある物だろうに、ガーロ爺さんには感謝しかない。

随分と古い服は、息子さんが活発だったのか、いい感じにヨレヨレだ。きちんと洗濯されてはいるが、至る所にシミや汚れがついていて庶民感を醸し出している。グッジョブ息子さん。

ガーロ爺さんの所で着替えさせてもらう。

この服は息子さんの八歳当時のものらしいが、クレアにはズボンもシャツもダボダボだ。ズボンのヒモをギュッと縛《しば》り、袖を何度も折り曲げる。

何だか、お兄ちゃんのおさがりを無理やり着せられた弟感が出ていて、これもまたヨシ。

「うおぉ～、なんて違和感がないの。どこからどう見ても、そんじょそこらにいるガキんちょだよー。生まれついての貴族令嬢なのに、品位とか威厳の欠片もないよ。探しても見つからないよ。さすが私。やるじゃん私。いやいやいや、この馴染みよう、やっぱ私は根っからの庶民なんだね！　生まれる星の下《もと》を間違ったよ」

悦に入るクレアの隣でガーロ爺さんが苦笑いをしている。
さあ準備は整った。街へといざ行かん。自立を目指し一歩前へ進んだのだった。

第二章　出会い

「よっこらしょ」

クレアは、街の中央広場、その真ん中に造られている噴水の縁《ふち》に座り込んだ。

噴水といっても水がピューッと水柱を作っているわけではない。水柱の代わりにネライトラ公爵家の始祖といわれる建国の英雄様の銅像が中央に立っているのだ。

なんとか子ども用ドレス三着分の換金が終わった。

お金の価値がわからないので、一軒で全てを売ってしまわず、三軒に分けて売りに行った。三軒とも、こんな子どもが相手なのに丁寧に対応してくれた。ありがたい。

地の利がないことに加え、どの店が買い取ってくれるかなど、わからないことだらけだったから、全てを売るのに五日以上かかってしまった。

まあ、クレアには時間はたっぷりあるから、焦らなくてもいい。

なんせクレアは放置児。

屋敷の中にいなくたって、誰も探さないし、気にもかけない。ただ、外出がばれないよう、家庭教師から勉強を習う時間だけはちゃんと屋敷にいるようにしている。

一応貴族令嬢のクレアは最低限の習い事をしている。

まあ、駒として嫁に出そうという時に、恥ずかしくない程度の教養がないと、どこにも嫁の貰い手がないだろうからね。

美貌《びぼう》を使って、玉の輿《こし》を狙っているだろうパトリシアと違って、最低限の習い事だけやればいいのだから、ある意味楽ちん。外出し放題だ。

朝、屋敷を出て夕飯までに帰れば、誰一人クレアがいないことに気づかない。

お昼ご飯は、いつも部屋で食べていたし、パトリシアと喧嘩（一人相撲だけどね）した時は、部屋に籠ってお昼ご飯を食べていなかったから、いつの間にか昼食は、自分で厨房に取りに行くスタイルになっていた。それに、別にお昼を抜いたからといって、誰かが心配するわけではない。

朝、ガーロ爺さんの小屋で着替えをして、徒歩で約一時間かけて街にやってくる。

ハートレイ男爵領とネライトラ公爵領は隣接しており、男爵領を抜けるとすぐにネライトラの街に着く。

ネライトラの街は、王都から馬車で一週間以上かかるほど離れた場所にあるのだが、規模は大きく、栄えている。街並みも美しく、石畳や街灯など、設備も行き届いている。

今までのクレアは箱入りで、何一つ経験も知識もなかったし、前世を思い出したとはいっても所詮『日本』の記憶しかないので、何の役にも立たないのだ。

何もかもが初めての経験で、街並みを見て回り、色々な物の値段を調べて回った。

最初は全てのものが興味深くてテンションアゲアゲだったが、今回で五回目だから、大分落ち着いてきた。

今回見つけた小物店で持ってきたドレスの残りを全て売り、三着合わせて、一万八千ウーノを手に入れた。前世感覚で一ウーノ・一円っぽいので、わかりやすい。十進法だしね。

独立資金としては全然足りないけど、大いなる第一歩といえる。

ただ、もう売れるものはないので、これから先どうするか考えなければいけない。

今度はバイトでもするか……

十歳でも雇ってくれる所は、あるかなぁ。

クレアは、読み書きが出来るから、それが強みだといえる。看板や標識などは、ほとんどが絵や記号で描かれているから、この国の識字率《しきじりつ》はあまり高くはなさそうなのだ。

座ったまま足をブラブラさせて、何気なく辺りを見回す。時間はとっくに昼を回っている。

そろそろお昼ご飯にしようかな。お金は手に入ったけど、出来るだけ使いたくない。一番安いパンでも買おうか……いつもは厨房から朝食時にパンを多目に貰っておいて、お弁当として持ってくるのだが、今日は持ってくるのを忘れてしまった。

パン屋はどこかしらと、周りに視線を走らせると、パン屋と思《おぼ》しきお店の前に、何だか気になる子どもがいる。

身なりがいいとはいえない。いやぶっちゃけボロボロの五、六歳の男の子が、パン屋の中を覗き込んでいる。その覗き込み方が、凄く必死。食い入るようにっていうのを体現している。パン屋に張り付くようにして、中を覗き込んでいるのだ。

この街はガーロ爺さんが言っていたとおり、治安がいい。浮浪者もいないし、孤児も見かけない。

夕方には帰るから、夜の街は知らないけど、朝、酔っ払いが道路で寝ているなんてことはない。

この街は、治安がいいはずで、飢えた子どもなどいないはずなのだ。

それでも、あの子は絶対、飢えている。お腹が空いているんじゃなくて、飢えている。

気が付いてしまうとダメだ。男の子から目を離せない。

「あっ」

思わず声が出てしまった。男の子がパン屋の店主に見つかったのだ。

店主が大きな声を上げ、腕を振り上げて、男の子を店先から追い払った。男の子は弾かれたように店先から飛びのいて、クレアのいる場所とは反対の方向へ走っていってしまった。

そして、男の子の姿は見えなくなった。

「仕方がないよね……」

一部始終を見てしまったからか、胸の中がモヤモヤする。

クレアは噴水の縁《ふち》から立ち上がると、パン屋へ向かう。だって、しょうがないから。胸の中で言い訳をしながら、パン屋に入っていった。

このパン屋で売っているパンの中で、一番安いパンは一袋三個入りで百ウーノの丸パン。まだ食べてはいないけど、やや堅そうで、そんなに美味しそうには見えない。でも、日持ちはしそうなそのパンを三個買うと、クレアは街中へと歩き出した。

「たしか、この辺……」

建物と建物の隙間のような場所に入っていく。突き当たりまで進むと、何だか日当たりの悪い、不衛生な行き止まりに辿り着いた。ゴミも落ちているし、風通りも悪そうだ。

行き止まりの隅に、怯えた顔をした男の子がいた。

さっき、パン屋で追い払われた子だ。

近くで見ると、薄汚れた感が強い。顔も手足も汚れてすすけており、鼻の頭なんか真っ黒だし、服もヨレヨレの上に、サイズが明らかに小さい。窮屈そうに手足がはみ出ている。

男の子は、ただ怯えたようにクレアを見ている。

クレアは、これ以上男の子を怯えさせないように、何も言わずにゆっくりと近づいていくと、男の子がうずくまるように座っている隣に、そっと腰かけた。

「手を出して」

クレアの言葉に、男の子はビクリと肩を震わせる。

「うん、大丈夫。虐《いじ》めたりなんかしないよ。手を出して」

優しく聞こえるように気を使いながら、男の子に笑いかける。

上目づかいでオドオドしていた男の子は、それでもゆっくりと、クレアに向かって片手を出してくれた。

ガーロ爺さんから貰ったいつも持ち歩いているズダ袋の中から、オシボリを取り出すと、男の子の掌《てのひら》を綺麗に拭いてあげる。オシボリはすぐに恐ろしいくらいに真っ黒になった。

昼食時に使おうと毎回持ってきていたオシボリが役に立って良かった。

「よーし綺麗になったよ。じっとしていて偉いね。はい、ご褒美」

クレアは、ズダ袋の中に入れていた丸パンを一つ、その掌の上に載せてあげる。男の子は、驚いた顔をした後、手の上のパンとクレアの顔を交互に見つめる。

「大丈夫だよー。怒ったりしない。安心して食べていいよ」

にっこりと笑って見せる。

「でも、僕、お金持ってない……」

めちゃくちゃお腹が減っているだろうに、男の子は、それでもパンを口元へ持っていくことはない。ただ悲しそうにクレアを見つめている。

こんななりをしていても、キチンとしつけられていたのだろう。親が死んでしまったのだろうか、クレアの胸がツキリと痛む。

「お金なんかいらないよ。いっぱいあるから一個だけあげるの。ゆっくり食べな」

ズダ袋の中をチラリと見せて、まだ中にパンが入っていると知らせる。男の子は、訝《いぶか》しそうな顔をしているが、それでもゆっくりとパンに口を付けた。

一度口に入れると、後は必死になって貪《むさぼ》る。あっという間に食べ終えてしまう。男の子の様子を見ていると、すぐに次のパンを渡したくなる。

だが、駄目だ。男の子の様子から、長いことろくな物を食べていないことがわかる。

今、パンを沢山与えたら、胃が拒絶する。クリームやバターが多く使われている高いパンは胃に負担がかかるだろうと、あえて一番安いパンを買ったけれど。

それでも、弱った胃では一度に何個ものパンを食べることは出来ないだろう。

本当は、スープなどの消化のいいものを渡したかったのだが、いかんせんどこに売っているかわからない。その上、早くしないと、男の子がどこかに行ってしまうかもしれなかった。

「あの……ありがとう」

「おうよ」

オズオズと話しかけてくる男の子の頭を撫でる。いつ風呂に入ったのかわからないほど、髪の毛は汚れて固まってしまってる。

この子は、ズダ袋の中にまだパンが沢山入っていることを知っているのに、次を強請《ねだ》らないし、ちゃんとお礼も言える……

だめだ。

だめだったら、だめだっ。

男の子に深入りしては駄目だ。

初めは男の子に残りのパンを渡して、別れようと思っていた。この男の子に手を差し伸べたとしても、クレアもわずか十歳。どうしてやることも出来ない。

それに、目についた孤児たちの全てを助けられるわけでもない。

それなのに、それなのに。どうしても同情してしまう。いや、同情じゃない。男の子に自分を重ねてしまったのだ。放置され寂しい思いをしてきた自分を。

誰にも必要とされなくて、誰にも愛されなくて、悔しくて、それでもどうしようもなくて……

「名前はなんていうの？」

自分の心の中の悲しみに負けた瞬間だった。

だって、前世では福祉大国って呼ばれる所で生きていたんだ。こんな、やせ細って、汚れちゃって、いつ死んじゃうかわからないような子どもなんて、見たことがなかったんだ。

ああ、もーいーよ。十歳のクレアが出来る所まで全力でやらせてもらうよ。

「ライ……ライオネル」

「そうかー、ライか。カッコいい名前だね。お姉……お兄さんは、クレ、クレイって言うんだ。よろしくね」

「クレ、クレ、クレイさん？」

「いやいやいや。クレイ、クレイでいいから。それより、年はいくつ？」

「九歳」

「なんとっ、わた……俺より一歳下なだけっ」

やせ細って、どう見ても五、六歳にしか見えない。

この子はどれほど長い間、こんな状況にいたのだろうか。溢れそうになる熱いものをグッと呑み込む。

「よーし、じゃあ俺と美味しいものを食べに行こうか」

「え、え？」

ライオネルが戸惑ったようにキョドキョドしているが、知ったことか。

もういいよ。この年齢で養子を貰う予定はなかったけど、構うものか。

『家族をつくる』、それが目標だったんだ。予定達成が早くなるなら、それに越したことはないじゃないか。一歳年下なだけだけど、養子って扱いでいいよね。

フンスと鼻息荒くライオネルの手を取ると、広場へ向かって歩き出す。パンを一個食べさせたからといって、それじゃあ全然足りないのはわかっている。

かといって、胃が弱っているだろう今、固形物はあまり食べさせたくない。胃に優しくて、高カロリーなもの。甘いものかなぁ？

ライオネルの手を引いて、広場の屋台を見て回る。色々な屋台が所狭しとひしめいているが、なかなか気に入る食べ物はない。キョロキョロ辺りを見回していると……

ん？

あのスイーツ屋さんに並んでいるアレは。

「お姉さん、プリン二個ちょうだい」

「はい、ありがとうございます」

ライオネルの右手をしっかりと自分の左手で握ったまま、器用にズダ袋から財布を取り出し、五百ウーノの代金を支払う。

ライオネルは今まで、大人たちに追い払われたり、脅《おど》されたりされていたらしい。だからなのか、広場に行くこと自体を怖がった。パン屋の店先にいたのは、あのパン屋が広場の端にあったことと、お腹が空いて、もうどうしようもなかったからだ。

だから、クレアがライオネルの手を取っていないと、逃げていこうとする。

ははは、クレアは本気だからね、逃がすわけないじゃん。

お金を払ってプリンを受け取り、広場へ戻る。ライオネルが怯えないよう、広場の端、人目につきにくい場所にあるベンチに腰かけて、プリンと小さな木のへラのようなものを渡す。これがスプーン代わりなのだろう。

「さあ、たんとお食べ〜。ただし、ゆっくり食べるんだよぉ」

「どうして……」

「ん、どうした、プリン嫌い？」

戸惑ったようなライオネルの瞳がクレアを見ている。

「プリンは好きだけど……どうして、どうして、僕に良くしてくれるの？　パンもくれて、プリンも買ってくれて……僕、僕汚いんだよ。みんな近寄るなっていうし、あっちに行けっていうし。僕、嫌われているから。みんなから嫌われているからっ、だからっ……」

堪えきれなくなったのか、ライオネルの瞳から、涙が溢れだす。汚れた両頬には、いくつもの涙のすじが出来ていく。

「好きだから」

「え」

「ライが好きだから」

ライオネルは、クレアの言葉に固まった。

言ってあげるよ。

一番わかりやすい言葉。一番欲しい言葉。ハッキリと聞き間違いだなんて思えないように。

だってクレアが欲しかった言葉だから。クレアが言ってほしかった言葉だから。ライオネルの孤独も寂しさも、クレアにはわかるから。だから言ってあげる。

クレアはライオネルを家族にしたいと思ったんだ。本気だよ。家族はね、愛しい者だ。見返りなんか必要のない、自分よりも幸せになってほしい人。

「ライのことが好きだから、だからいいんだよ」

「……あ、でも」

戸惑うライオネル。

「俺は、ライが好きだから勝手にやっているの。そのことにライが恩を感じたり、お返ししようなんて考えなくてもいい。でも、そうだなぁ、出来れば俺のことを好きになってくれると嬉しい。ちょっとずつでもいいから、好きになってほしいなぁ」

そう言って、ニパッと笑顔を作る。そんなわざとらしい笑顔にライオネルはなぜか頬を染めて、ブンブンと顔を縦に振った。

「さあさあ、プリン食べようぜー。あ、ゆっくりね、ゆっくり」

「うん」

やっとライオネルが小さく笑った。

カーワイイー。

クレアは十歳だけど、おばちゃんの記憶がある分、幼いライオネルにキュンキュンしちゃうのだった。


そしてそして！

プリンを食べながらライオネルの話を聞いていると、あまりのことに、目を見開きすぎて落ちそうになってしまった。いや、そこまで大きくてパッチリとした目じゃないんだけど……

何でも、ライオネルのお母様、ラーラさんは若い頃王都に働きに出ていたらしい。そこで恋をして、ライオネルを身ごもった。でも、何があったのかはわからないけど、身重の体で、生まれ故郷であるこのネライトラの街へと戻ってきた。そして、ライオネルを一人で産んだ。

ライオネルが六歳の頃までは、ラーラさんとライオネルは二人で幸せに暮らしていたらしい。

母親のことを語るライオネルは、それはそれは嬉しそうな顔をしている。本当にお母様のことが好きなんだな。

そんな幸せも、ライオネルが六歳になってすぐに失われてしまった。

ラーラさんが亡くなってしまったのだ。幼いライオネルにはよくわからなかったようだが、どうも馬車の事故。それも貴族が運転する馬車に撥《は》ねられてしまったらしいのだ。

通常、貴族は馬車を運転したりしない。そのために御者がいるのだから。

しかし、このネライトラ領地の領主、ネライトラ公爵の息子は、酒に酔っ払い、止める御者を振り払って馬車を走らせた。

三男で末っ子だからなのか甘やかされ、使用人の言うことなど聞きやしない。周りからは、失敗作と噂されている有名なドラ息子だ。

案の定、馬車は暴走し、仕事帰りのラーラさんを撥《は》ねてしまった。

それからは怒涛《どとう》のような展開で……

母を亡くしたばかりなのに、泣く暇もないほど急に、ライオネルは、いきなり現れたラーラさんの兄という人に引き取られた。

前世でおばちゃん経験のあるクレアにはわかる。そのバカ息子の家から、結構な金が出たんだろう。

　貴族は体面と義務を重んじる。そうしないと庶民の反感を買ってしまうからだ。見せかけだったとしても、体裁を整えるために、相応の額の賠償金を支払ったのだろう。

　一度も会ったことがなかったというラーラさんの兄が突然出てきたのも、お金目当てだと考えるとわかりやすい。

　ライオネルのお金を奪った兄夫婦は、ライオネルのお金で商売を始めた。それも他の街で。

　ライオネルのことはそのまま、この街に捨てていったのだ……

　む、か、つ、く～～！　そいつ殴っていい？

　これまでのライオネルの苦労を思うと、はらわたが煮えくり返る。

「ライオネル。生きていてくれて、ありがとう。俺と出会ってくれて、ありがとう」

　ポツポツと小さな声で、自分の今までの生活を話してくれたライオネルを、ぎゅっと抱きしめる。

「だっ、だめだよっ。僕は汚いから、汚れているから」

　クレアの腕の中から逃れようと、ライオネルは身を捩《よじ》るが、ろくにご飯を食べていないライオネルより、クレアの方が断然腕力はある。

「へっ。臭いのなんて、洗えばとれるよ。それより、ライが頑張って生きててくれて、俺は嬉しい、本当に嬉しいんだ」

ぎゅうっと、ますます力を入れて抱きしめる。

「は、離して。はなし……う……ううっ。ううう……うわーんっ！」

腕の中でライオネルが泣き出した。

今までどれほど怖かっただろう。苦しかっただろう。たった六歳で捨てられて。

「よく頑張った。偉いな。ライは偉いな」

クレアはライオネルの頭をゆっくりと撫でた。

汚れて固まった髪の毛を梳《す》いてやることは出来ないけれど、優しく撫でていく。

ライオネルは、母親以外から抱きしめられた記憶がない。勿論、頭を撫でられたことも、優しい言葉をかけられたことも。

クレアの胸に抱き着いて、ただただ声を上げて泣いた。

クレアの腕の中は、母親が亡くなってから、初めて安心出来た場所だったのだ。

クレアは、ライオネルが泣きやむまで、彼の頭を優しく撫で続けた。


残念なことに、クレアが街にいられる時間は限られている。ライオネルに残りのパンを渡し、消化のよさそうな屋台の料理をいくつか買って渡すと、ライオネルを残し、一旦屋敷へ帰らざるをえない。

帰る前にクレアは、ライオネルが寝起きをしている場所を教えてもらった。

ライオネルは路地の突き当たりの窪《くぼ》みのような場所に入り、廃材を立てかけて外からはわからないようにしていたようだ。

窪《くぼ》みは、ライオネル一人が入るといっぱいになるぐらい狭かったから、なんとか寒さをしのいで冬を乗り越えられたのだろう。

たった九歳のライオネルが生き残れたことは、本当に奇跡だと思える。

グッと胸が苦しくなったクレアが、ライオネルをぎゅうと抱きしめようとすると『僕は汚いから』と、逃げられてしまった。

チェッ。

今の寝場所は、不安はあるがなんとか安全といえるだろう。

後ろ髪を引かれる思いでいっぱいだが、なんとか今日はライオネルに、この寝場所で過ごしてもらわなくてはならない。

ライオネルは、手酷く人に裏切られている。それも血の繋がった親戚にだ。

今日会ったばかりのクレアのことが信用出来ないとしても、仕方のないことだ。

だが、クレアは、ライオネルを家族にすると決めた。

ライオネルの瞳をしっかり見つめて、繰り返す。

「明日も絶対にライに会いに来るよ。うそはつかない。だから、明日も俺に会ってほしい。ここにいてほしい。勿論、危ないことがあったりしたら、ここにいなくてもいい。ライがここにいなかったら、俺はプリンを食べた広場のベンチで待っているから。ずっと待っているからね」

「……うん」

ライオネルは、手に屋台の料理を抱えたまま、不安そうにこちらを見ている。

「絶対、絶対来るよ。約束する」

小指を出し、ライオネルの手を無理やり取って、指切りゲンマンをする。

そして、ライオネルを一人路地裏へ残し、頭が禿《は》げるんじゃないかと思うほど、後ろ髪を引かれながら、屋敷へと戻っていった。

急げ、急げ。

ネライトラの街からクレアの住む屋敷までは、片道一時間。大急ぎで帰り、なんとか夕飯には間に合ったが、今日は随分と遅くなってしまった。夕食のテーブルに着きなががら、クレアの心臓はドキドキと煩《うるさ》かった。

街へ出かけていることがばれてしまったらどうしよう。

お父様やお母様に知られて、街へ行くのを止められたらどうしよう。

あれだけ約束したのに、ライオネルに会えなくなったらどうしよう。

それだけはなんとか阻止しないといけない。

心配のあまり食欲がなくなってしまったが、無理やり平静を保つ。

食卓には家族全員が揃っており、いつもの食事風景だ。

そして、クレアが思い悩むことなんて、何一つないことが、すぐにわかった。というか、身にしみた。

この家族と共に何年も生活してきたのに、クレアはまだ現実を見ていなかった。

家族はもとより、使用人たちすら誰一人として、クレアのことを気にかける者はこの屋敷にはいなかった。

クレアは一人だった。

家族全員が揃っている夕食の席で、クレアは一人だった。

クレアに話しかける者はいない。クレアを見る者はいない。笑いさざめく家族の団欒《だんらん》を離れた場所から見ている。それがクレアの立ち位置だった。

この屋敷では、クレアがいようといまいと、関係ない。

この屋敷には、クレアの家族は誰一人いないのだから。


そして、次の日。

息を切らし、やっとの思いで辿り着いた路地裏にライオネルはいた。

クレアを見ると、驚いた顔をして、すぐに満面の笑顔になるとクレアに抱き着いてきてくれた。

「うひゃひゃひゃひゃ～。ライおはようー。いてくれてありがとうっ」

「あっ、違うから。汚いのにごめんなさい」

ライオネルは真っ赤な顔をして、慌ててクレアから離れようとするが、クレアが離すわけがない。

「いやぁー嬉しいねぇ、ライとハグ出来るなんて。そうだ、これから毎日ハグをしよう。したくなったらするの。いつでもするの」

ご機嫌な様子のクレアに、赤い顔をしたままのライオネルは小さな声で『離してよ』と言っていたが、おばちゃん歳だから耳遠いのよ、聞こえなーい。

ライオネルにハグされて、ちょっと浮かれたクレアだった。

「ではライさん。心の準備はいいですか？」

「はい。お願いします」

真面目な顔をして、剃刀《かみそり》を握るクレア。

真面目な顔をして、椅子代わりの瓦礫《がれき》に座り、前方を見つめたまま、身体を硬くするライオネル。

クレアはライオネルの後ろに立ち、剃刀《かみそり》をライオネルへと近づけていく。

そして……

切るべし、切るべし、切るべしっ！

ライオネルの頭髪を徹底的に切っていく。汚れが酷く、髪の毛は固まってしまっている。とても切り難《にく》い。買ったばかりの剃刀《かみそり》だが、すぐに刀に汚れがついて切れ味が鈍《にぶ》る。

しかし、そんなことで手を止めない。切って、切って、切って、切りまくる。

ここまで汚れてしまった髪の毛は、洗うぐらいじゃどうにもならない。その上、シラミやノミが巣《す》くっているかもしれない。頭髪を一旦、出来る限り短く切ることにした。

雑貨屋へ行き、剃刀《かみそり》を一本百ウーノで購入し、いつもの路地裏で、クレアは即席散髪屋さんになったのだ。

出来るだけ短く、でもライオネルに怪我をさせないよう、慣れない剃刀《かみそり》で注意深くライオネルの髪の毛を切り落としていく。

ザク、ザク、ザク、ザク、ザク……

「ふぃ〜っ」

クレアは剃刀《かみそり》を左手に持ち替え、強張った右手をブンブンと軽く振る。

二人の周りはライオネルの髪の毛だらけになっているが、元々ゴミが散乱していた場所だ、まあ、気にしなくてもいいだろう。

三年間放置していた髪は、思ったより長く伸びていた。

時間はかかったが、なんとか野球少年程度の短髪にまで、髪を切り落とすことが出来た。

目元が見えなくなるくらいまで伸び放題だった髪を切ると、随分とスッキリして、浮浪児感が薄まってくる。

クレアが打ち立てた『ライオネル可愛い少年復活計画』第一弾だ。

「おーっ、スッキリしたねぇ」

「うんっ。すっごく軽くなった、ありがとうクレイ」

クリクリ坊主になったライオネルが、頭に残った髪をプルプルと振り落としながら、クレアに笑いかける。

クレアのことを随分信用してくれるようになったらしく、よく笑うようになった。

可愛らしさのあまり抱きしめたくなるのを、グッと我慢する。逃げられるからね。

「さあ、頭はスッキリしたから今度は身体だね」

「身体？」

ライオネルが首を傾げる。

どんなに髪の毛がスッキリしたって、ボロボロの服を着たライオネルは浮浪児のままだ。どんなお店にだって、入るどころか店先にいるだけで、店主から追い払われてしまう。

それに、警邏《けいら》の騎士様たちに見つかったら、福祉施設みたいな所に連れていかれてしまうかもしれない。『ライオネル可愛い少年復活計画』第二弾は、早急に達成させる必要があるのだ。

「下着を買いに行くよー」

「え、下着？」

「そう。俺の知り合いにガーロ爺さんって人がいて、その人の息子さんの服を分けてもらったんだ。ライには少し……随分大きいと思うけど、ちゃんと洗ってあって清潔だよ。でも、下着はないから買いに行くの」

「……でも、お金が」

「大丈夫、大丈夫。ライは心配することなんてないんだよ。言っただろ、俺がライのことを好きで勝手にやっているんだって。さあ、行こう」

クレアは、戸惑うライオネルの手をぐっと掴むと、広場へ向かう。


広場の端、昨日二人でプリンを食べた目立たないベンチでライオネルを待たせると、一番近くの服屋へ行く。

いつかは新品で年相応の可愛らしい服を買ってあげたいが、クレアの所持金は少ない。子ども用のシャツとパンツ各二枚ずつで、しめて三千ウーノ。一緒に売っていた子ども用の靴とは名ばかりのスリッパもどき、千ウーノ。

全てをズダ袋に入れ、ライオネルを回収すると、また裏路地へと戻っていく。

ライオネルがいた路地裏は、少し経済状況が悪い、所謂《いわゆる》スラム的な地域にある。

この世界では、水道設備は裕福な家庭にしか設置されておらず、この辺りの家庭には、水道はまだ通っていないようだ。勿論各家庭に風呂があるわけもなく、人々は共同浴場に行くか、井戸で水浴びをしていた。

集落ごとに共同井戸が作られているそうなので、いつもライオネルが使っていたという井戸へと向かう。

井戸の周りは、少し開けており、壊れた桶《おけ》や元が何だかわからない木材が転がっていた。

この井戸があったから、食べ物がない時でも、水だけは飲めたのだろう。この井戸がライオネルの生存の一助になったのは間違いない。井戸さんありがとう。

クレアが井戸に頭を下げている横で、ライオネルはキョトンとした顔でクレアを見ていた。

「井戸に来てどうするの？　喉が渇いたの？」

不思議そうにしているライオネルを井戸の横へと立たせると、早速ライオネルの服を脱がしにかかる。元々がボロボロの服だ、強く引っ張ると、すぐに破れてしまった。

いきなりの暴挙にライオネルは驚くが、抵抗する暇もなく、素っ裸にされてしまった。

「きゃーっ、やだぁ、何するの、やめてー」

九歳の男の子といっても、ちゃんと羞恥心《しゅうちしん》はある。自分の股間を押さえて逃げようとするライオネルをクレアはむんずと捕まえて逃がさない。

ライオネルが恥ずかしがっても、おばちゃん経験者のクレアはどうということはない。可愛いウイニーを見たって、微笑ましいだけなのさ。お構いなしだ。

逃げようとしているライオネルを掴んだまま、井戸の水をかける。

いくら今は初夏だとはいえ、井戸の水は冷たい。足先から徐々に注意しながらかけていく。

そして、屋敷からくすねてきた石鹸《せっけん》で、ライオネルを洗う。

「せっけん……」

「そーだよー。綺麗になるよー」

この世界では石鹸《せっけん》は高級品だ。貴族令嬢のクレアでも、そうそう使えない。パトリシアは花の香りのついた高級石鹸《せっけん》を毎日使っているらしいけどね……

昨日、屋敷に帰ってから、クレアは暗躍《あんやく》した。

リネン室や貯蔵庫に忍び込み、役に立ちそうなものをくすねまくった。すぐにはバレないように、残りの品物の場所を変更したり、並びを変えたりと、小賢しいこともしておいた。そんなこんなで石鹸《せっけん》をありがたく頂戴してきたのだ。

ある程度洗うと、これまたくすねてきたタオルでライオネルを拭いて、ガーロ爺さんから頂いた服を着せる。これでなんとか小汚い近所の子どもくらいにはなったのではないだろうか。

「うーわー、スッキリしたっ。僕、もう汚くないよね。もう、臭くないよね」

中古だが新しい服を着て、スリッパもどきを履き、嬉しそうにクルクルと回るライオネル。

とても微笑ましい光景だが、まだまだだ。

「ふふふ、次に行くよー」

「え、次？」

せっかく嬉しがってはいるが、三年分の汚れは、そんなに簡単には落ちない。

石鹸《せっけん》を使ったとはいえ、水では泡立ちも良くないし、こんな場所では隅々まで綺麗に洗ってやることも出来ない。

せいぜいが浮浪児から薄汚れた悪ガキにランクアップしたぐらいだ。

「お風呂に行くよーっ」

「えーっ」

クレアの言葉にライオネルはビックリしてしまう。

「お風呂って、どこの？」

ライオネルと母親が一緒に暮らしていたアパートには、狭いが風呂場があった。ライオネルにとってお風呂とは、家で入るものだった。

「クレイのお家に行くの？」

「いやいやいや。でっかいお風呂に行くよー。公衆浴場っていうんだよ」

「公衆浴場？」

「そうだよ、いくら大きなお風呂がある公衆浴場だからって、すっごく汚れていたら、入るのを拒否されちゃうんだ。一旦汚れを落とす必要があったんだけど、井戸なんかで洗ってごめんねぇ、冷たかったでしょう。早く公衆浴場に行ってあったまろう」

クレアは、やや清潔になったライオネルを連れ、いざ公衆浴場へと向かうのだった。


公衆浴場は大通りからいつもの路地裏とは反対側へ少し入った場所にある、結構大き目の綺麗な建物だ。

クレアは公衆浴場の入り口で逡巡《しゅんじゅん》する。

どうする？　どうする？

クレアが男の子のフリをしているのは、安全のためだ。いくら容姿が中の下とはいえ、れっきとした女の子。出来るだけ危険な目には遭いたくないし、近寄りたくもない。

しかし、しかし……

ライオネルはまだ九歳。それも三年間お風呂には入っていない。それに井戸で洗ったとはいえ、まだまだ汚れは取れていない。とくに隅々に多く残っている。

……一人で洗えるだろうか。

逡巡《しゅんじゅん》して、悩んで、ためらっていたが……

えぇーいっ、女は度胸だっ!!

クレアはフンスと大きな鼻息を一つ吐くと、逃げ出しそうなライオネルの手を引いたまま、公衆浴場の『男の湯』の暖簾《のれん》をくぐる。

「おっちゃんっ、子ども二人！」

番台に座るおじさんに声をかける。

「あいよ。子ども料金は半額な、二人で六百ウーノね。いいかぁ、湯船にはちゃんと身体の汚れを取ってから入るんだぞ」

「りょーかいしました」

ビシリと左手で敬礼を返し、料金を払い中へと入る。

ライオネルは勿論、クレアにとっても初めての公衆浴場体験だ。

カポーン。

中に入ると、そんな擬音が聞こえてきそうなザ・銭湯だった。

おばちゃんが前世で見たことのある、一昔前の銭湯のイメージそのままだ。おばちゃんでさえ『スパ』とか『健康ランド』とかにしか行ったことはないのに、ここは、TVドラマでしか見たことがないような昔懐かしい昭和時代の銭湯そのものだった。

おいおいおい、この世界に富士山があるのかよ。壁に描かれたでっかい富士山の絵を見ながら、静かにツッコミを入れる。

この世界には、時々不思議な所があるのだ。

それは、ミョーに『日本』臭い所。街並みや、そこで暮らす人たちは全てが西洋風だ。人々は、洋装をして、洋食を食べて暮らしている。

それなのに、ところどころに妙に『日本』が入り込んでいる。そんな違和感があるのだ。さっき無意識にくぐってきたが、入り口の暖簾《のれん》も何だかおかしい。

頭を捻《ひね》るクレアだったが、意識を戻す。

脱衣所で素っ裸になったクレアは、腰にタオルを一枚巻いて、いざ洗い場へ向かうのだ。十歳のクレアはまだまだ性差は見られない身体をしている。ツルペタの幼児体型だ。下半身を隠していれば、男の子で通るはず。

隣で、こちらは何も身につけていないスッポンポンのライオネルも、クレアのことを男の子だと信じていて、疑いすらしていないようだ。

しかし、女の子と気づかれたらどうなるかわからない。こんな裸の状態では、逃げることもままならない。自分から危険に飛び込むようなものだ。

恐る恐る洗い場への扉を開ける。中は湯気が立ち込めており視界が悪かったが、少しずつ辺りが見渡せるようになった。

「うわー、久しぶりのお風呂。気持ちよさそう」

隣でライオネルが嬉しげな声を上げ、走り出そうとしている。

「あっコラッ！　だめだよ、床は濡れているんだから転ぶよ。お行儀悪いぞ」

クレアはとっさにライオネルを捕まえようとするが、それより早くライオネルは洗い場へ入っていってしまう。

意を決して中に入ったクレアの目の前には、今すぐにでも即身成仏《そくしんじょうぶつ》になれそうなおじいさんが二人、湯船に浸かっているだけだった。

先客はその二人以外見当たらない。

そういえば平日の昼間だ。そんなに人が多いはずはない。クレアはホッと胸を撫で下ろした。これなら大丈夫そうだ。

「さあ、湯船に入る前に身体を洗っちゃおうね。ジャッジャーン、これを見て！」

湯船に手を入れて、パチャパチャとお湯の感触を楽しんでいるライオネルに新しい石鹸《せっけん》を見せる。

この世界の石鹸《せっけん》は、まだまだ作りが荒く、すぐに小さくなってしまう。最初の石鹸《せっけん》は、元々が小さかったのと、ライオネルの固まった汚れを取るためにゴシゴシと手荒く使ってしまい、すでになくなってしまっていた。

「新しい石鹸《せっけん》だ。凄いね、二つもあるんだぁ」

ライオネルは無邪気に喜んでいる。

「フフフ。ライオネル君、ただの石鹸《せっけん》ではないのだよ。匂いを嗅いでごらん」

ライオネルの鼻先に石鹸《せっけん》を近づける。

「あっ、凄いっ、いい匂いがする。すごーい、石鹸《せっけん》なのにお花みたい。ステキ、ステキっ」

ライオネルが興奮したように、ピョンピョンと飛び跳ねる。

「あぶない、あぶない。洗い場では飛び跳ねないの。そう、このいい匂いの石鹸《せっけん》でライを洗うぞー。さあ、こっちに来て」

クレアは昨日、パトリシアの部屋へも忍び込んでいたのだ。

いつもクレアの数少ないブローチやネックレスを奪い取るパトリシアだ。少しぐらい、お返しをしてもいいはずだ。パトリシアが両親に甘えるために部屋を空けている隙に、スルリと中へと入り込み、石鹸《せっけん》をくすねてやったのだ。

パトリシアの部屋には専用の浴室がついており、そこに石鹸《せっけん》がいくつも無造作に置かれていた。

それを失敬してきたのだ。

常日頃潤沢な物に囲まれているパトリシアが気づくかどうかはわからないが、クレアがくすねたという証拠はないし、バックレる自信は大いにある。

「さあ、頭から洗おうか」

ライオネルを浴槽《よくそう》の横にある風呂椅子に腰かけさせると、温かなお湯をかけていく。

「きもちぃー」

ライオネルがプルプルと頭を振る。その様子は仔犬のようで愛らしい。はぁーカワイイ。ウットリ見とれてしまう。

ライオネルといると、昨日、家族と共に過ごしたことで感じた寂しさや悲しみが、全て洗い流されるようだ。鬱々《うつうつ》とした心が温かくなっていく。

クレアにとって、ライオネルはすでに大切な本当の家族になっているのだった。

「ほらほらジッとして。良く拭けないよ」

「だって、くすぐったいもん」

ライオネルをてってー的に洗いまくり、湯船にしっかりと浸かって脱衣所に戻ってきた。

ほかほかと全身がピンクになったライオネルを新しいタオルで拭こうとしているのだが、初めての銭湯でテンションあげあげのライオネルは、じっとしていられない。キョロキョロと顔を動かし、ウロウロとどこかへ行ってしまいそうになっている。

「せっかく温まったのに、早く拭いて服を着ないと風邪をひくよ。そうだ、服を着終わったら、牛乳を飲もう。もしかしたら、フルーツ牛乳があるかもしれない。ライはコーヒー牛乳の方がいいかなぁ」

「えっ、なになに。フルーツ牛乳って、何？」

今まで、気もそぞろだったライが、いきなり喰いついてきた。

「チョー美味しいんだよぉ。ちゃんと身体を拭いて服を着たら、一緒に飲もうね」

「飲むっ！」

ライオネルは嬉しそうに満面の笑顔だ。

ん、んん？

「えーっと、ライオネルさん？」

キラキラとした笑顔のライオネルの顔をまじまじと見て、クレアは拭いていたタオルを持ったまま固まってしまった。

二度にわたる入浴で、ライオネルはすっかり綺麗になった。今まで、汚れが酷くてわからなかった、本来のライオネルの姿が見えるようになったのだ。

誰？

クレアの目の前に、眩《まぶ》しいばかりの美童がいた。赤茶けた色だと思っていた髪の毛は、濃い蜂蜜のような金髪で、前髪に隠されていた瞳はアメジストのように深い紫色。高い鼻すじに、プックリとした唇。

素人クレアがカットした、ギザギザの髪型をし、身体は痩せこけ、いまだにスッポンポン。

それなのに、その美貌《びぼう》は少しも陰ることはない。

ライオネルのあまりの美しさにクレアは驚きを隠せない。

「えーっと……パンツ穿《は》く？」

「穿《は》くに決まってるよ」

ライオネルはなんとなくぎこちないクレアがズダ袋から出した下着を器用に身につけていく。

うーわー、今までは汚れていて気づかなかったけど、ライって美少年。簡単にイケメンって言えないほどの美形だわぁ。

美形は貴族に多い。それも爵位が上がれば上がるほど、美形率もアップする。クレアの母親も、村娘だったとはいえ、先祖に貴族がいたらしい。あの美貌《びぼう》は先祖がえりといわれていた。

まさかライは、貴族の落とし種とか、隠し子なのだろうか？

庶民には、ありえないほどの美しさだ。

だが、いくら高貴な人物がライオネルの父親だったとしても、母子共に放置し、ライオネルが窮地《きゅうち》に立たされた時、手を差し伸べなかったことは許しがたい。

今、生きているのが奇跡と思えるような境遇にした、そんなのは父親失格だ。

今更父親が現れることはないだろう。

それに、現れた所でライオネルはすでにクレアの家族だ。そんな父親に渡そうとは思わない。もうライオネルを手放すなんて絶対に考えられない。

「フルーツ牛乳、飲みに行こうか」

「行くっ」

手を差し出すと、ライオネルは嬉しそうにその手に自分の手を繋ぐ。

二人は仲睦まじく、フルーツ牛乳を買いに番台に向かったのだった。


銭湯から出た二人は、飲食店に入り食事を堪能する。

安い大衆食堂だったが、ライオネルは大喜びだった。なんせ今までだったら、店先にいるだけで追い払われていたのだから。

クレアは野菜炒め定食六百ウーノ。ライオネルはハンバーグ大盛り定食千百ウーノ。

本当は野菜を食べさせたいが、今はまだライオネルの心の飢餓感をなだめる方が先だ。好きなものをお腹いっぱい食べさせたい。

ライオネルは『大盛り』という言葉につられたようだが、今まで、食うや食わずの生活だったから、胃が小さくなっているはずで、そんなに食べることは出来ないだろう。

それでも、クレアはライオネルの好きにさせる。初めて自分の意思で選ぶ喜びを邪魔したくない。

大喜びでハンバーグ大盛り定食を食べていたライオネルだが、案の定、半分以上を残してしまった。しょげ返っていると、お店の人が持ち帰り用に包んでくれた。

「夕飯が出来て良かったねぇー」

「うんっ」

クレアの言葉に、みるみる笑顔になるライオネル。包んでもらった定食を大事そうに胸に抱きしめている。

次に向かったのは寝具店。そこで最安値の毛布と枕のセットを三千ウーノで購入した。自分用の毛布と枕を手に入れたライオネルはご機嫌だ。

「ライ、持てる？」

「うふふー。持てるよー、大丈夫」

ライオネルは、自分用の毛布だからと自ら抱えて歩いている。年齢のわりに小柄なライオネルだから、毛布を持つのも大変そうだ。それに、定食まで持っているためイッパイイッパイで前が見えているのかもわからない。

「クレイ、ぎゅーっ」

毛布ごとライオネルがクレアに抱き着いてくる。今まで、クレアが抱き着こうとすると『汚いから』と逃げていたライオネルは、今では自分からクレアに抱き着いてくるようになった。

「うへへへー。俺もライをぎゅーっ」

勿論、ライオネルを抱きしめ返す。本当なら親に甘えたい年頃だ。

ふふふ、存分に甘えるがよかろう。クレアも存分に愛でさせてもらうからな。花の香りのする美少年に抱き着かれて、クレアはデレデレするのだった。


さて、ここからが正念場。

ピカピカになったライオネルを連れ、クレアはハートトレイ領へと向かう。

「ねえねえ、どこに行っているの。クレイのお家？」

「ライ、聞いて」

少し屈んでキョトンとしているライオネルと目線を合わせる。

「俺はライオネルと一緒に住みたい。でも、一緒に住むためのお家を借りるお金が、残念なことに今の俺にはない」

「え……お金がないの。じゃ、じゃあ、僕はまた路地裏に戻るの？」

みるみるライオネルの顔が曇り、今にも泣きそうになっている。

「ああ、ごめんごめん。違うよ。心配しなくていい、もう二度と路地裏には戻らない。ただ、一緒に住むのに、少し時間がかかるだけ。お家を借りるお金を貯める、それまでは寝る場所が別というだけ。寝るのだけね」

「……寝るのだけ？」

「そうだよ」

ライオネルを安心させるようにクレアは大きく頷く。

「一緒に眠れないだけ。朝ご飯も一緒に食べるし、お昼ご飯も一緒に食べる。夕ご飯は、別になるけど、一緒にいるよ。ずーっとずっと一緒だよ」

「一緒。本当に？」

「うん。俺はライオネルにうそは言わない。信じてほしい。指切りしようか」

クレアはライオネルの手を取ると、小指を絡めた。

「明日から、俺は仕事を探して働くよ。頑張って働いて、すぐにでもライと一緒に住める家を借りる。それまで、待っていてほしい」

「僕もっ、僕も働くっ。クレイと一緒に働いて、お金を稼ぐよ」

「そっかー、嬉しいな。じゃあ一緒に頑張ろうか」

「うん」

クレアとライオネルはギュッと強く手を繋ぐ。

「今から会うガーロ爺さんは、ちょっと顔は怖いけど凄くいい人なんだ。今ライが着ている服も、俺が着ている服もガーロ爺さんが息子さんの物をくれたんだよ。一日でも早く家を借りられるよう頑張るから、それまでガーロ爺さんの所にいてほしいんだ」

見ず知らずの人の家に行くのは不安だろうが、それでもライオネルはクレアの言葉にコクンと首を縦に振ってくれた。

「ありがとう」

ホッと息を吐くと、ライオネルの手を取ってハートレイ領へと向かうのだった。

◇　◇　◇

「お願いします」

いきなりの土下座。

クレアは、おばちゃんだった前世で培《つちか》った土下座スキルをいかんなく発揮している。

「あー、まあなぁ、わかっとるから土下座せんでいい」

目の前のガーロ爺さんは、苦虫を潰したような顔をしたまま、ライオネルへと視線を移す。ライオネルはピクリと怯えたように、自分の隣で土下座するクレアの陰に隠れた。

今朝、いつものようにガーロ爺さんの家で街へ行くために着替えをしていたクレアは、ガーロ爺さんにライオネルのことを話した。

街で浮浪児の少年と出会ったこと。少年はライオネルといって、親に死なれ親戚に捨てられ、自分一人でなんとか今まで生きてきたこと。クレアはライオネルと家族になると決めたということ。

親に見捨てられているクレアと、一人ぼっちのライオネルは、二人で家族になろうと約束したのだ。

だが今、クレアには収入がない。なんとか職を探すつもりだが、今すぐにライオネルと二人で住む家を借りることは出来ないのだ。だから、家を借りられるまで、ライオネルをガーロ爺さんのもとに置いてほしい。

クレアの願いに、渋い顔をしていたガーロ爺さんは『とりあえず連れてこい』と言ってくれた。置いてやるとも、置いてやらないとも言われなかったが、クレアはライオネルをガーロ爺さんの小屋へ連れていくことにしたのだ。

「嬢ちゃん、十歳で養子を迎えるのは早すぎるだろう」

呆れ顔のガーロ爺さん。

「いやぁ、これも一つの御縁といいますか。このままライオネルを放置していたら、いつ餓死するかわからないし、病気や怪我も怖い。福祉施設に入らせるのがいいのかもしれないけど、本人が嫌がっているし、その福祉施設がライオネルにとっていい所かどうかはわからないから」

クレアは決意を込めた瞳でガーロ爺さんを見る。

ライオネルを家族にしようと思ったのは自分だ。それなのに他人を頼るのは間違いだとはわかっている。だが、十歳のクレアには、どうしても限界があるのだ。今のクレアは、目の前のガーロ爺さんに頭を下げて頼むしかない。

「お願いします。ライオネルをこの家に置かせてください。出来るだけ早く職を見つけて、自立出来るよう頑張ります。置いてくださいと、お願いしている時点で迷惑をおかけしているのはわかっています。出来るだけ早く家を借りられるよう頑張ります」

クレアは土下座のまま頭を下げる。

ガーロ爺さんは、クレアから視線をはずし、クレアの後ろに隠れるようにして座っているライオネルに問いかける。

「年はいくつだ？」

「九歳です」

怖々ながら、それでもちゃんとガーロ爺さんの目を見て答えるライオネル。

「そうか」

厳つい顔のまま腕組みしたガーロ爺さんは、それ以降、口を開かない。

元々無口なガーロ爺さんだ。置いてくれるのか、置いてくれないのか……

ハラハラしながら、ガーロ爺さんの次の言葉を待つ。


……ん？

固唾《かたず》を呑みガーロ爺さんを見ていたクレアは、ガーロ爺さんの後ろ、部屋の奥に置かれた物に気が付いた。たった一間しかない家だ。その上、部屋も狭い。手前にガーロ爺さんが座っていても、奥まで丸わかりだ。

部屋の隅に置かれているのは布団？　それも二組。

ガーロ爺さんは、一人暮らしのはず。もしかしたら、ライオネルの分の布団を用意してくれているのだろうか。

クレアは、今度は視線を自分たちの斜め後ろへと動かす。

ガーロ爺さんの小屋は入ってすぐが土間になっており、その土間に煮炊き用の竈《かまど》がある。その竈《かまど》には、鍋が掛かっており、何だかいい匂いが漂っている。

……もしかして、ガーロ爺さんは、ライオネルを置いてもいいと思ってくれているの？

て、いうか、置く気マンマン？

子どもが来るから、布団はちゃんと干しておいたよ的な。

お腹が空いているといけないから、もうご飯の準備も出来ているよ的な。

それに布団の横に置いてあるのは衣類を入れるためのかごである行李《こうり》……今朝までではなかった。もしかしてライオネルに着せようと、息子さんの服を用意してあるのでは？


子ども好き？

ガーロ爺さん子ども好きだったの？

そういえば、ガーロ爺さんは、森のリスやウサギなんかをよく餌付けしていたような。

もしかして、小さいもの好き？

ガーロ爺さんは口下手だから、わかりやすくは言ってくれないけど、ライオネルを受け入れようとしてくれているんだ。

「うわぁっ、ガーロ爺さん、ありがとうっ。ライオネルのために色々準備してくれて」

「あ、いや、そういうわけでは……たまたま、たまたまだっ」

赤い顔をして、そっぽを向くガーロ爺さん。

やだぁ、ガーロ爺さんがツンデレしてる。萌えるぅ。

「良かったねぇ、ライ。ガーロ爺さんが家に置いてくれるって。俺も頑張って、お金を貯めるから、それまではガーロ爺さんの言うことを聞いて、いい子でいてね。俺は毎日ライオネルに会いに来るから、心配しないでいいよ」

「ホントに？　約束する？」

上目づかいで、クレアの服の端を握るライオネル。

うわぁ、こっちも萌えるぅ。

「俺、頑張るよ！　早く仕事を見つけて、ライと一緒に住める家を借りるから、待っててねライ」

「うんっ、僕も一緒に頑張るよ」

クレアの宣言に、ライオネルは笑顔で頷いてくれたのだった。


「クレイって女の子だったんだ……」

次の日、ガーロ爺さんの家にドレスのままでやってきたクレアを見て、ライオネルが目を見張っている。

その時になってクレアは初めて、そういえばライオネルには、自分が女の子だったと言っていなかったと思い当たった。

「やだなぁ、最初から女の子だよぉ。一緒にお風呂にも入ったじゃないかぁ」

ちょっと、すっとぼけてみる。

「ちっ、違うよ。お風呂に一緒には入ったけど、僕はクレイのこと男の子だって思っていたしっ。見てないよ。全然見てないからっ」

クレアの返事に対して、赤い顔をしてブンブンと顔を振りうろたえるライオネル。

うん、いったい何を見てないいんだか。

「ごめんね。街に行くのに男の子の恰好の方が都合が良かったんだ。紛らわしかったね」

「う、ううん。謝らないで。そうか、クレイは女の子なんだ……女の子……」

「ん、どうしたの？　ライ、顔が赤いよ」

「だってだって、僕はクレイが女の子だなんて知らなかったし……そっかぁ、女の子なんだ。女の子……」

だんだんと語尾が独り言のようになっていく。それと共に声も小さくなり、口の中でモゴモゴとしていて聞き取りづらい。

「女の子なんだ……そうなんだぁ、じゃあじゃあ大人になったら、僕のお嫁さんになってもらえるかも……」

「え、何言っているの？　声が小さくて聞こえないよ」

赤い顔のライオネルの呟きは、小さすぎてクレアには聞こえなかった。

「おーいどうした。ラーイ、帰ってこーい」

ライオネルは自分の世界に入ってしまったのか、クレアの呼びかけに答えなくなってしまった。そして、とうとうニヘッと笑いだしたのだ。

「いったいどうしたの？　ライおかしいよ。顔も赤いし、カゼ？　それとも……あっそうだ！　ライ、朝ご飯はどうする？」

クレアはライオネルの態度がおかしいのは、お腹が空いているからなのではと思い至ったのだ。

まだまだ食べ盛りだ。というか、痩せすぎているから、少しでも多くご飯を食べさせたい。

「僕、おじいちゃんと一緒に食べたよ」

やっと自分の世界から帰ってきたライオネルは答える。

ガーロ爺さんのことを〝おじいちゃん〟と親しそうに呼んでいることに、クレアはホッとすると共に、嬉しくなる。

「そうなんだぁ。良かったねぇ。ガーロ爺さん、ありがとう」

クレアはガーロ爺さんに頭を下げる。

「いや、どうせ儂も食べるからな。ついでだ、ついで」

ライオネルと同じく顔を赤くして、そっぽを向くガーロ爺さん。

あらやだ、ツンデレ継続中。萌えるぅ。

「お昼ご飯用のお弁当は持ってきたよ。用意も出来たし、ネライトラの街に行こうか」

「うんっ」

クレアの言葉に、ライオネルは元気よく返事をするのだった。

クレアは朝一番で厨房に突入してきた。朝食の準備をしている料理人に、部屋で食べるからと、朝食と昼食を分けてもらったのだ。

この時、『伸び盛りだから～』『食べ盛りだから～』などと言って、多めに貰ってきた。お昼に二人で食べるには十分な量だ。

朝ご飯を抜くことになってしまったから、ちょっとお腹が減っているけど大丈夫。一食抜くぐらいどうってことはない。それよりも大好きなライオネルと一緒に昼食を食べられるのなら、そちらの方が、ずっとずっと嬉しい。

「クレイ、ぎゅーっ」

ライオネルがクレアに抱き着いてくる。

「うへへへ、俺もライをぎゅーっ」

抱き着いたままのライオネルを、クレアはデレデレになりながら抱きしめ返す。

クレアはライオネルに、思い立ったらハグしていいと宣言した。

いつでも、どこでも、何回でも。ハグをしまくろうと。

大切で、大好きな家族なのだから、当たり前だと思ったのだ。

この時の約束を盾に好き勝手するライオネルに、後に相当苦労することになるのだが、今のクレアにはそんなことはわからない。

今は、ただただ嬉しくて、腕の中の温かい体を抱きしめていた。

「いってきまーすっ」

クレアは、ライオネルと手をしっかりと繋ぐと、ガーロ爺さんに手を振り、ネライトラの街へと出発したのだった。

第三章　お仕事

ない。

まあ、うすうすわかってはいたけれど。それでも現実に直面すると、凹《へこ》んでしまう。

そう、仕事がないのだ。

意気揚々とネライトラの街へやってきたクレアたちだったが、どんなに探しても仕事は見つからなかった。

いや、仕事はあるにはある。この世界では、子どもでも仕事は出来る。

口入れ屋《ハローワーク》の求人一覧の横には、子ども用の仕事がちょこっと張り出してあるし、玄関横に、お手伝い募集の張り紙をしている家もある。

ただ、それらの仕事をどんなに頑張った所で、貰えるのは給料ではなくて所詮お駄賃だ。クレアたち子どもに出来るのは仕事ではなく、『お手伝いさん』なのだ。

庭の草むしりだったり、家の周りのどぶさらいだったり。その場限りのお手伝いだ。

クレアとライオネルが一日中フルに働いても、子ども相手のお駄賃として、せいぜい二人で三千ウーノ貰えればいい方だ。

週に二日、屋敷で令嬢としての勉強や礼儀作法を習っているクレアは、週に五日しか働けない。

その上、毎日お手伝いの仕事があるとも限らない。

ガーロ爺さんにお礼を渡すどころか、ライオネルの食費さえままならない有様だ。

「あ～、世の中って世知辛い」

思わずぼやいてしまっても、仕方がないと思う。

「クレイどうしたの、大丈夫？」

隣に並ぶライオネルが心配そうにクレアの顔を覗き込む。

「ああ、ゴメンゴメン。全然大丈夫だよ。ただ、お金がなかなか貯まらないから、ライとのお家が借りられなくて、ちょっとへこんでるだけ」

「僕ガンバルよ。いっぱいお仕事するし。昨日の配達の仕事みたいなのがいいな～。クレイと一緒に配達したの楽しかった」

昨日の仕事を思い出してか、ニコニコと笑うライオネル。

ツライ。美少年がキラキラとした顔を向けてくるから、尊すぎて辛い。

ライオネルの痩せてガリガリだった身体には少しだが肉がついてきた。

クレアにギザギザに切られた髪も伸びてきて、少しくせ毛なのもあって、いい感じの髪形になっている。

頬も丸味を帯び、肌も艶《つや》やかになった。

この頃のライオネルは美少年度が増し増しだ。

「ああ、萌えすぎてハグしないと、もだえ苦しんでしまうぅ」

「きゃあ～」

思わずライオネルを抱きしめても、しょうがないと思うの。

ライオネルもはしゃいだ声を出して、嬉しそうに抱きしめ返してくれるから、良しとしよう。

だが、昨日の仕事ははずれだった。パン屋の配達の仕事だったが、ライオネルと二人、クタクタになるまであっちこっちと配達して回ったのに、貰った駄賃は二千八百ウーノ。二人合わせてだ。

ライオネルは楽しんでいたようで良かったが、二度とあのパン屋の仕事は受けたくない。

どこかに身入りのいい仕事はないだろうか。お駄賃ではなく、給料を貰える仕事が。

クレアは頭を一つ振って、気持ちを切り替える。

ウダウダ考えていたって、お金は降ってはこない。今日の仕事を探そう。

クレアとライオネルが今いる場所は中央広場の噴水の前だ。

ここは広場をぐるりと取り囲むように商店が並んでいるので、仕事を探しやすい。店先に張り紙をした、お手伝いを探している店舗が結構あるからだ。

「さて今日は何の仕事があるかなぁ」

「僕も頑張るよぉ」

「うふふ～、期待しているからね」

「うんっ、任せて！」

笑顔いっぱいに胸を張るライオネルの尊さに痛む胸を押さえ、クレアは端から順に店先を見ていこうと歩き出す。

カサリ。

ん？

足元から何だか音がする。何か踏んだようだ。

クレアの足と噴水の土台の間に大きな封筒のようなものが落ちている。

「何だろう」

落ちていた封筒を拾ってみる。

この世界では紙は貴重なものだから、捨てるなんてもってのほかだ。誰かが落としたのだろう。

少し厚みのある封筒は、クレアの前世の記憶にある、会社で使う書類入れに見える。

表面には『土砂除去工事進行計画書』と書かれているし、裏面には『土木工事専門請負ファーガ商会』と社名らしきものが書かれている。中には何枚もの書類が入っている。

うん。確実にこれは落とし物だね。仕事の書類だわコレ。

これを落とした人は、仕事が出来なくて相当困っているんじゃないだろうか。

「ねえ、ライ。この書類を届けに行こうか」

「落とし物なの？」

「絶対そうだと思う。仕事で使う書類みたいだから、大切なものだと思うんだ。落とした人は困っているはず。これを持っていったら、もしかしたら、お礼が貰えるかもしれない。今日は、まだ仕事も決まってないから、行ってみようか？」

「行くっ！」

お礼の言葉につられたのか、ライオネルも行く気満々だ。目をキラキラとさせている。

もしかしたら、日当ぐらいのお礼が貰えるかもしれない。

クレアとライオネルは、欲に期待を膨らませ、ファーガ商会へ向かうのだった。

ファーガ商会はネライトラの街の東の端にあるらしい。結構遠い。大きな商会だったので、道行く人に所在地を尋ねるとすぐに応《いら》えがあり、道に迷うことはなかった。

ライオネルと共に歩きながら、欲にまみれた話をする。

「ねえねぇクレイ、お礼にいくら貰えるかなぁ」

「うーん、この書類の価値にもよると思うけど、かなり重要な書類みたいだから思ったより貰えるかもしれないね」

「えーっ、千ウーノぐらい？」

「いやいやいや、こんな遠くまで届けに行って、それじゃあ話にならないよ。もうちょっとくれないと、書類を隠しちゃうかも」

だって、本当に遠いのだ。これくらい考えたってバチは当たらないだろう。

「そ、それじゃあ、一万ウーノ？」

「あはは、そんなにくれたら嬉しいね。ねぇ、ライ。お礼を貰ったら、金鷲亭《きんわしてい》に行かない？」

クレアの口から出たありえない店名に、ライオネルは目をパチクリさせる。

「金鷲亭《きんわしてい》って、あの中央広場にある、キラキラした大きなお店でしょう。ステーキ専門店だって誰かが言っていたのを聞いたことがあるよ」

「そうそう、お高くていつもは行けない、あの金鷲亭《きんわしてい》」

「だって、すっごく高いんでしょう。そんなにお礼を貰えるかなぁ」

「うふふふ、すっごく高いと思っているライ君は知らないでしょう。実は金鷲亭《きんわしてい》には、お得なランチメニューがあるのですよ。その名も『お昼のボリューミーステーキセット』。なんとお一人様二千ウーノポッキリ！　これだったら、ちょっと頑張ればいけるよっ」

『お手伝い』を探していたクレアは、金鷲亭《きんわしてい》の店先に出されていた、今だけメニューの看板を目ざとく見つけていたのだ。

「本当に？　二人で四千ウーノ貰えるといいね」

「そうだねぇ。ステーキ食べたい？」

「食べたいっ」

ライオネルの元気な返事を聞くと、笑みがこぼれる。

いつもは質素倹約して、豪華なものはちっとも食べさせてあげられない。

たまにはライオネルの食べたいものを食べさせてやりたい。

昨日のパン屋のお駄賃も、まだ少し残っている。お礼が少なくても、なんとかなるだろう。

出来ればガーロ爺さんへも、お土産を持っていきたいのだが。

クレアとライオネルは三十分以上歩いて、やっとファーガ商会に辿り着くことが出来た。ファーガ商会は想像よりも、とても大きな建物だった。

正面入り口と思われる扉は大きく開け放たれ、沢山の人たちが出入りしている。

出入りしているのは、どうも雇われている人足たちのようで、体格が良くて、人相も強面《こわもて》の人たちばかりだ。

とっても入りづらい。というか近づくだけでもビビりそうなのだが、なんとか入り口から中へと入る。ライオネルは不安そうな表情で、クレアの後ろに隠れてしまっている。

「ん、坊主たちどうした。父ちゃんでも探しに来たか？」

中に入ったはいいものの、キョロキョロと辺りを見回しているクレアたちを見て、人足たちの中でもひときわ体が大きい、スキンヘッドのおじさんが近づいてきた。

うひー、近づいてくんなぁ。

クレアは固まり、ライオネルはクレアの後ろでピルピルと震えだした。

「お、落とし物を届けに来ました。事務方の人を、よ、呼んでください」

「へー、落とし物を届けに来たのかぁ。ちっこいのに偉いなぁ」

なんとか踏ん張って、震え声で返事をしたクレア。

そんなクレアと目を合わせるために屈むスキンヘッド。ニヤリと笑う顔が凶悪犯そのものだ。

喰われる。物理的に喰われる。

前世がおばちゃんだったクレアでさえ、スキンヘッドのおじさんのあまりの迫力にオシッコをちびりそうになってしまった。ライオネルがクレアの背中に張り付いていなかったら、確実に駆け足で逃げていただろう。

「どうしたどうした。お、子どもかぁ。ギガゾウ、お前子ども好きだけどよぉ、子どもは一〇〇%お前のこと怖がるんだから、あんまり構うなよ」

「え、子ども？　どこどこ」

「おー、カワイイ坊主が二人も来てる」

「子ども？　見えないぞ。前のヤツ屈め」

強面《こわもて》のおじさんたちがワイのワイのと近づいてきて、囲まれてしまった。

なんなの、何で近づいてくるんだよ。子どもなんか街にゴロゴロいるじゃんか。

顔は怖いがフレンドリーなおじさんたちに、クレアはそろそろキレそうになる。

「ク、クレイに近づくなっ」

今までクレアの後ろに隠れていたライオネルが、クレアを庇《かば》うように前に出てきた。

ピルピルと震えているのに、小さな自分の背中でクレアを守っている。

「ライ……」

やだ何、このイケメン。

私より、まだ身長も低いし、体重なんかアレだろうに……まあ、なんだ。

それなのに、こんな強面《こわもて》のおじさんたちから、クレアを守ろうとしている。

胸キュンよ、胸キュン。これで丼飯《どんぶりめし》三杯はいける。

クレアの目には、もう強面《こわもて》のおじさんたちは目に映っていない。尊いライオネルのつむじと背中を見て、もだえ苦しむだけだ。

「おー偉いね、兄ちゃんを守っているのかぁ」

「よっ、男前っ」

「やるねぇ」

おじさんたちが、ライオネルに喝采《かっさい》を送っている。

「ちっ、違うっ！　クレイはお兄さんなんかじゃない。ク、クレイは将来僕の……僕のお嫁さんになるんだ」

ライオネルの顔はだんだんと赤くなり、とうとう下を向いてしまった。

「どうした。せっかく威勢《いせい》が良かったのに、最後の方は何を言っているのか聞こえなかったぞ」

「おいおい、元気はどうした」

「もそもそ言っても聞こえないぞぉ」

おじさんたちが、いちいち煩《うるさ》い。

子どもに構うのが楽しいのか、おじさんたちは一向にいなくならない。いつになったら事務方の人に会えるのだろうか……

「おーい騒がしいぞ、どうした」

ゴツイおじさんたちの中心にいるため、姿を見ることは出来ないが、何だか若そうな男性の声が聞こえてきた。

その声を皮切りに、今までクレアたちを構おうとぎゅうぎゅうと集まっていたおじさんたちの人垣が崩れる。

おかげでクレアたちにも周りが見えるようになった。

近づいてきたのは、二十代後半ぐらいの、爽やか系のややイケメン。

髪を軽く七三に分け、白いカッターシャツに黒いズボン。両腕には腕カバーをつけた、
ザ・事務員という出で立ちの男性だ。

事務方さんだぁ。

やっと。やっと事務方さんに会うことが出来た。これで落とし物を渡すことが出来る。

ほっと息を吐くクレアとライオネルだった。

「おー、ウィルか、この坊主たちが落とし物を届けに来たってよ」

スキンヘッドのおじさんことギガゾウが、事務方さんへ説明する。

事務方さんはウィルという名前らしい。

「落とし物？」

「あの、あの、これを拾ったので持ってきました」

クレアはウィルへ封筒を差し出した。

いやー、ここまで長かったよねぇ。後は、お礼を受け取って帰るだけだ。

さて、このウィルさんはいくらのお礼をくれるだろうか。

クレアとライオネルは熱い眼差しをウィルへと向ける。

「これは……おーいっライトっ。ライトいるだろう、こっちへ来いっ、大至急だ」

封筒を一瞥《いちべつ》すると、奥の扉に向かいウィルは大声を上げる。

「はーい、なんすか……」

少し間延びした声が聞こえ、奥から、これまた事務員らしい男性が現れた。

二十代前半ぐらいだろうか。ウィルよりは年下に見えるのだが雰囲気がおかしい。思い詰めたような、切羽詰《せっぱつ》まったような。どんよりと暗い表情をしている。

ライトはウィルが掲げた封筒を見ると、驚愕の表情を浮かべる。

「あーっそれはっ。俺がなくした計画書！　捜してたんだっ。捜していたんだよーっ。俺の計画書っ‼」

その封筒を見た瞬間、どんよりとしたライトの顔色が変わった。

ウィルの手から封筒を奪い取り、胸に抱きしめて泣き出した。

「この子たちが届けてくれたんだ」

「よがっだー。あああよがっだー。ありがどう。ありがどー君だぢぃ。捜じでだんだよぉ。捜じでも、捜じでも見づがらなぐでぇ」

ライトは封筒を抱えたまま器用にクレアの両手を掴み、ブンブンと振る。べそをかいているせいで、聞き取りづらいが、お礼を言っているようだ。相当困っていたのだろう。

「お役に立てて良かったです」

この感激の仕方、喜び方。思った以上に重要書類だったみたいね。

うふふふ、お礼はいったいいくらになるのかしら。

ニコリと笑顔を作りながら、クレアは心の中でそろばんを弾く。

「この封筒がここのだってよくわかったね」

封筒に頬ずりしているライトを横目に、ウィルが不思議そうにクレアに質問をする。

「封筒の裏に、大きくファーガ商会って、書いてありましたから」

クレアは答える。

あれほど大きく社名が書いてあれば誰でもわかるよね。と、考えて、はたと気づく。

そういえば、この世界は識字率《しきじりつ》が低い。封筒に社名が書いてあっても、わからない者の方が多いのだろう。

「社名が……そうか。じゃあ、表に書いてある文字も読める？」

ウィルはライトから封筒を奪い取ると、表をクレアに向ける。ライトは封筒に追い縋《すが》ろうとしたがウィルの方が素早かった。

「土砂除去工事進行計画書ですね」

言われたままに表紙の文字を読む。

クレアがスラスラと表紙を読むと、ウィルもライトも目を見開く。まあ難しい字だからね、幼いクレアが読めるのが珍しいのだろう。

「……君、名前は？」

「クレイです」

「ちょっと事務所に来てくれないか」

呆然とした表情のウィルが奥の扉を指差す。

あの扉の向こうが事務所になっているのだろう。

とうとうお礼キターッ!!

ウィルの言葉に、クレアはライオネルとチラリと目を合わせて小さく頷く。

いったいいくらのお礼が貰えるのか。ライトの態度から、期待が膨らむ。

クレアとライオネルは、ウィルたちの後に続き扉の奥の事務所へと向かおうとした。

「坊主たち、話が終わったら、またおじちゃんと遊ぼうな」

事務所へ入ろうとしていると、スキンヘッドのギガゾウが残念そうな顔をして声をかけてくる。

またって何？　遊んだ憶えないし。

恐怖に震えていただけだし。

事務所でお礼を受け取ったら、ダッシュで逃げるし。

「ギガゾウの子ども好きにも困ったもんだよなぁ。坊主たちの顔を見てみろよ。絶対逃げようと思っているぜ」

ギガゾウの隣に立つ、これまた体格のいいおじさんがガハハと笑いながらギガゾウの肩を叩いている。

え、ギガゾウってば、ただの子ども好きなの？　あんな凶悪犯の顔なのに？

ギガゾウの方をチラリと見ると、ギガゾウはしょんぼりとしている……ように見えた。会ったばかりのクレアたちと別れるのが寂しいのだろうか。

今までの態度をちょっぴり反省したクレアは、ギガゾウにペコリと頭を下げて、ライオネルと手を繋ぎながらウィルの後へ続く。

＊　＊　＊

「おい、見たか。坊主が俺に合図したぜ。あれはぜってー、事務所から出てきたら、俺と遊ぼうってことだろう。なあ、今のうちにお菓子とか買ってきといた方がいいんじゃないか」

「いやいやいや、待て待て。お前と遊ぼうとか思ってないから、早まるな」

「そうだぜギガゾウ。今までお前と仲良くなった子どもなんかいなかっただろう」

「やめとけやめとけ」

クレアたちが事務所へ入っていくのを見届けたギガゾウは、浮かれたような声を出す。

それに対して周りの人足たちが止めに入る。

「だってよ、今までの子どもだったら、俺を見て、泣くか、逃げるかだったんだぜ。それなのに、あの坊主たちは、俺に話しかけたり、合図を送ってきたり。ぜってー、俺のこと好きなんだぜ。絶対だ」

「なに、酒場の女の子に騙されてるドーテーみたいなこと言ってんだよ。落ち着けって」

「そうだそうだ。酒場のねーちゃんにだって、相手にされたことないじゃないか」

「これだから子ども好きはよぉ。勘違いだって」

人足たちは、ギガゾウに言い聞かせようとするのだが、ギガゾウは聞く耳を持たないどころかかえってヒートアップする。

「いやいやいや、あの坊主たちは違うんだって。俺のことを怖がってなかったじゃないか。それどころか、俺のことを好きなんだって、そうなんだって。そういや近くにおもちゃ屋があったよな」

「だから落ち着けって言ってるだろうがっ」

とうとう隣にいた大男がギガゾウの頭をはたく。

「痛っ！　トロ、酷いじゃないか。叩くことはないだろうが。叩くなよ」

「いいかぁ、せっかくお前を見ても逃げなかった坊主たちが現れたんだ。ここは慎重にいかなきゃならん」

「そうだ、そうだ。初《しょ》っ端《ぱな》から物で釣っていたら、ただの貢君《みつぐくん》扱いだぞ」

「お前は、外見に似合わず人が良いからな、すぐに全財産巻き上げられるぞ」

人足たちの話では、クレアたちがまるでギガゾウを誑《たぶら》かす悪女のようになってしまっている。

「じゃあ、どうすればいいんだよぉ。あ、俺の身長は一九八センチだぜ」

「その身長じゃねえわっ」

トロと呼ばれた大男は、またもやギガゾウの頭をペシンと叩く。

「いいかぁ、あの坊主たちと仲良くなりたいんだろう。だったら俺の言うとおりにするんだ。俺が『お膳立て』っていうのを教えてやるからな。いいかぁ、まずは花だ。初《しょ》っ端《ぱな》に花を渡せば掴みはＯＫだっ。それから街に行くんだ。市場で喜びそうなものを買ってやれ。ここでケチケチすんな。そして締めは夜景の見えるレストラン。これが決め手だな」

「そうか、決め手か」

胸を張るトロ。真剣に頷いて聞いているギガゾウ。

「おいおいトロ、ギガゾウに間違ったことを教えるな。何が夜景が見えるレストランだよ。子ども相手に何言ってんだ。デートじゃねぇんだからよぉ」

「ギガゾウ。トロの話なんて聞くんじゃねぇぞ。そいつは女にもてたいばっかりに、行けもしないデートのプラン作りが趣味だからな」

「そうそう、子どもに花なんか渡したって、喜びゃしないって」

トロのお膳立てに、周りの人足たちが騒ぎだす。

「え、え、ええ？　じゃあどうすりゃいいんだよ」

ギガゾウの周りを色んな話が飛び交い、何がいいのか、訳がわからなくなってしまった。

「いいかー、俺が子どもの心をガッチリ掴む方法を教えてやるよ」

トロの隣にいた人足がズイと出てくる。

この場にいる人足たちは比較的若い者たちが多い。結婚していない者がほとんどで、子どものいる者は皆無といっていい。

「お前に出来るもんか。ギガゾウ、俺なんか甥っ子がいるからな、子どもの扱いには慣れているんだ。俺の話を聞け」

「はぁ、何言ってんだよ。お前は甥っ子から、会うたびに大泣きされてるって言ってたじゃねーか。こんな奴より俺の方がましだぜ」

「いやいやいや俺。俺が一番ましだぜ。なんせ俺の妹はまだ十二歳だからな。俺が教えてやるって」

「笑わせるー。お前妹からチョー嫌われてるってこと、俺は知ってるぜー。ギガゾウこいつはダメだ。俺がバッチリ教えてやるよ」

人足たちの話はだんだんヒートアップしていく。

しかし誰一人として、ギガゾウの知りたい、クレアたちを喜ばすための案は一つも出てこない。

ただただ困惑するギガゾウだった。

＊　＊　＊

ゾクリ。

なぜだろう。鳥肌がたった。

クレアはまさか事務所の外で、人足たちが自分たちのことを話しているとは思わない。

何だか寒気に襲われ隣を見ると、ライオネルも自分の腕をさすっている。

何だろう、事務所を出ると、恐ろしいことが待っているような気がする。

事務所に入ったクレアとライオネルは、入り口近くに置いてある応接セットに座らされた。

綺麗なお姉さんが、すぐに目の前のテーブルに、ケーキと紅茶を持ってきてくれた。

いつもはケーキなんか食べられない二人。今すぐにでもガッつきたいと思ったが、グッと堪えて、行儀よくソファーに座ったままでいる。

お礼を貰うまでは、大人しくしておこう。でもケーキは絶対、お土産にしてでも貰って帰る！

クレアはグッと見えない所で拳を握る。

「ああ、自己紹介がまだだったな。俺は、このファーガ商会で事務方をしているウィルだ。そして、いまだに封筒に頬ずりしているのが、同じ事務方のライト。改めて、封筒を届けてくれて、ありがとう」

ウィルは、ライトを指差した後、クレアたちに深々と頭を下げる。隣で鼻をズビズビいわせながら、ライトも頭を下げた。

「頭を上げてください。封筒を届けただけです。そんなに大それたことをしたわけではないです」

クレアは大人の二人から頭を下げられ、慌てて『気にしないで』と両手を前に出して振る。

「この封筒どこで拾ったの」

「中央広場です」

「うわー、ルルちゃんとお昼ご飯を食べに行った時かぁ。全然気づかなかったぁ」

頭を抱えるライト。

「どうせルルと食事に行けて、浮かれていたんだろう。お前は一つのことに集中すると、周りが見えなくなるからな」

「すんません」

冷たいウィルの言葉に、ライトは身をすくませる。

「あんな遠い所から、ありがとうね」

ウィルは、ライトに向ける冷たい視線とは打って変わって、柔らかい笑みをクレアたちに向ける。

「いいえ、こちらは大きな商会だったので、場所を尋ねるとみんなが知っていて、すぐにわかりました」

「そう、良かった。改めて聞くけど、封筒に書いてある文字が読めたから持ってきてくれたんだ」

「はい、そんなに難しい文字ではなかったので」

クレアの言葉に、ライトが『めっちゃ難しい文字じゃん』と小さく呟く。

その呟きを唯一耳にしたライオネルは、『やっぱりクレイは凄いよね』と誇らしげな顔をして胸を張っていた。

学校に行っていなかったライオネルは、字が読めないし、書けない。

今は、クレアがちょこちょこと教えている所だ。

意欲もあり、元々頭がいいライオネルは、グングン文字を覚えていってはいるが、まだ簡単な単語を数個、読み書き出来る程度だ。

「あーっとね、一応確認なんだけど、これ読める？」

ウィルは、事務机のような所から一枚の書類を取り出すと、クレアに差し出す。

「これを読めばいいんですか。えーっと、土砂撤去作業、養生材料料金一覧……これは何ですか」

「凄い、読めるんだ」

「うわー、俺ぜってー読めねー」

クレアが書類をスラスラと読み上げると、ウィルもライトも驚いている。

二人は、クレアの疑問に答えてはくれない。

え！　いったいなんなの？　何がしたいの？

いやね、読めと言われれば読みますよ。だってお礼を貰っていませんからね。

困惑するクレアだが、欲にまみれている分、グッと堪える。

「じゃあ、こっちは」

「これですか。人足派遣依頼、作業指示書……」

渡された書類を、ただ読んでいくクレアだが、まだ続くのかとうんざりしてきた。

「ちゃんとこちらの文字も読めるんだ……」

「？」

ウィルの言葉に首を傾げるクレア。隣でライオネルも、意味はわからないが一緒に頭を捻《ひね》っている。

「封筒に書いてあった文字は隣の国の『ワーカリッツ語』。最後に見せた書類が、この国の『ジンギシャール語』だ。クレイ、君は二カ国語、読めるみたいだね」

ウィルの言葉にライオネルは目を見開くが、クレア自身は、ただコクリと頷くだけだ。

このジンギシャール国と隣のワーカリッツ国はステイリア山を挟んだ隣同士に位置する。

両国の王家は頻繁《ひんぱん》に婚姻を結んでおり、仲は良好だといえる。大きなステイリア山が両国を隔てているため、隣同士とはいっても隣接しているのは、ステイリア山の南にある関所たった一か所だけだ。しかし交流は盛んで、人や物の行き来は多い。

クレアたちのような貴族令嬢は、いつ隣のワーカリッツ国へと嫁いでもいいようにと、ワーカリッツ語を習うことは義務とされている。喋ることは勿論、読み書きも必須だ。だいたい隣り合った二国だけあって、似通った言語で出来ており、習得するのはそれほど難しくはない。

ガシリ。

ウィルがいきなりクレアの両手を包み込む。

「クレイ、このファーガ商会で働いてみないか」

「へ？」

いきなりの言葉に、クレアは何を言われたのか一瞬わからなかった。

「俺からも頼んます」

横あいからライトも、ズイとクレアに迫ってくる。

「ど、どういうことですか」

クレアはいきなり大人二人に迫られて、焦ってしまう。

手はウィルに握られたままで、逃げようにも逃げられない。

「時給で千ウーノ出す。勿論それは三週間の試用期間の間だけで、その後は仕事に見合った時給に昇給する。ボーナスも出すし、残業代だってちゃんと支給する、どうだろう」

「よろこんでーっ‼」

ウィルの申し出に、クレアは反射的に居酒屋の店員さんのように元気溢れる返事をしてしまったのだった。

クレアの就職が決まった瞬間だった。


「わた……俺はどんな仕事をするんですか？」

勢いで仕事が決まったわけだが、仕事内容をまだ聞いてはいなかった。

そんなに給料が貰えるなんて……そんな上手い話があるのかと。

不安になったクレアはウィルに質問してみた。

「クレイの仕事だけど、その前に三カ月前の大雨を覚えているかい？」

「はい。詳しくは知りませんが、強い雨が長く続いたために、各地で被害が出たと聞きました」

　街に出るようになる前の出来事だ。

　その頃のクレアには、外部の情報はほとんど入ってこなかった。せいぜい侍女たちの噂話や雑談を拾うぐらいだった。大雨の話も、パトリシア付きの侍女の実家が浸水被害を受けたという、侍女たちのお喋りで知っただけだ。

「そうなんだよ、あの大雨で、我が国ジンギシャールと隣国ワーカリッツを結ぶ、唯一の関所が土砂に埋もれてしまったんだ。ファーガ商会《うち》は土木工事専門請負だからね、国から復旧作業の緊急依頼が入ったってわけ」

　ここでウィルは少し嫌そうな顔をした。

　何か不都合があるのだろうか。

　国からの依頼ならば、商会としては名誉なことだと思うんだけどな。

「大切な交易の要だからね、仮設の道が大至急作られて、なんとか影響は小さく済んでいるんだけど、出来るだけ早く復旧させなければならないんだ。でも場所が国境だからね……復旧作業はワーカリッツ国と共同で行われているんだよ」

　ウィルの嫌そうな顔の意味がわかった。

　それは面倒くさそうだ。

工事が大きければ大きいほど、かかる手間も費用も莫大になるだろうし、両国の話し合いも難航するだろう。いくら両国の関係が良好とはいえ、現場でそれが通じるかどうかはわからない。

ウィルの表情から、大雨から三カ月以上が経っているのに、工事が遅々として進んでいないのが窺える。

「ウチは国境に近い分、ワーカリッツ国関係の仕事もよく入ってくる。そのため、専任の通訳を三人抱えているんだが……現状はゼロなんだ」

「え、誰もいないんですか？」

「そう、誰もいない。あいつら、この工事の最中にみんなで一緒に食事に行って、食中毒にかかりやがった。それも全員だ」

「えーっとぉー」

猛《たけ》るウィルにクレアはなんと返事すればいいのか、言葉に詰まってしまった。

通訳全員が食中毒になってしまうだなんて、お気の毒というかなんというか。

今は入院中なのだろうか？

「仕事内容だが、クレイには通訳として頑張ってもらいたいんだ」

「はぁ」

「この大事な時に、あいつらのおかげで工事は進まないし、書類は溜まる一方だし。納期は迫ってきているのに……フフフ、戻ってきてみろ、馬車馬のようにこき使ってやるからな」

ワキワキと両手を動かしているウィルが何だか怖い。黒いオーラが全身から立ち上っている。

「でも、通訳の方たちはいずれ仕事復帰されるのでしょう？　俺の契約はいつぐらいまでになるんですか？」

酷い食中毒とはいっても、命に関わるような雰囲気ではない。

ならば、入院しているとしてもすぐに仕事復帰して、クレアはお払い箱になるのではないのだろうか。

ウィルは試用期間は三週間と言っていたが、三週間も雇ってもらえるのかすら疑わしい。

「いやいやいや、クレイにはずっと働いてもらいたいんだよ。あいつらは来週中には戻ってくるらしいけど、突発的な仕事だし、スケジュールもタイトで、三人でも仕事はいっぱいいっぱいだったんだ」

「そうなんですか」

急とはいえ、念願の仕事が決まったことにホッとしたクレアだった。

「さ、話はここまでだ。ケーキを召し上がれ。紅茶も冷めただろう、淹《い》れなおそうか？」

「いえいえ滅相もない。こんな美味しそうなお茶を淹《い》れなおすだなんて、とんでもないです。いただきます」

ケーキに手を出そうとしない二人に、食べるようにウィルが促《うなが》す。

日頃、食べることの出来ないケーキ……中に数種のナッツが入っていて、上には砂糖がタップリかかっている。めちゃくちゃ美味しい。

ライオネルなど、ホッペが落ちそうなのだろう、頬を左手で押さえているくらいだ。

「えーっとぉ、親御さんは働くのは許してくれるかな？」

何かを確認するかのように、ウィルが尋ねてくる。

クレアはどう見たって子どもだ。いくら商会が切羽詰《せっぱつ》まった状況とはいえ、未成年者を雇用しようとしているのだから、保護者の許可は必要になるだろう。

「大丈夫です。保護者は祖父になりますが、仕事を探していたのは知っていますし、問題はありません」

美味しいケーキを食べながら、ニコニコと答えるクレア。

そんなクレアの様子を見て、ウィルはこんなことを考えていた。

クレイの外見は、どう見たって下級階層だ。

服は清潔そうではあるが、至る所にツギハギがあるし、ヨレヨレだ。生活に余裕があるようには到底見えない。

それに、目の前に置かれたケーキに並々ならぬ執着を見せていた。

たぶん、ケーキなどそうそう食べたことがないのか、前は食べることが出来ていたが、今は食べることが出来なくなったかのどちらかだろう。

ワーカリッツ語を幼い時から習わせるぐらいだから、外国との取引があるような大きな商家か、国関係の高位の文官職の親を持つ家の子だったのだろう。保護者が祖父と言っていたから、両親が亡くなってしまったのかもしれないな。

生活に苦労しているのだろう。自分が時給千ウーノを持ちかけた時のハイエナのような目には、一瞬ビビった。

しかし、この少年の語学力は確かだ。難易度の高い文字もスルスルと読むだけではなく、意味も理解しているように感じられた。

短い間しか話していないが、驚くほど落ち着いているし理解力もある。相当頭がよさそうだ。キチンとした敬語も話せるし、礼儀正しい。現場に連れていっても大丈夫だろう。

今、ファーガ商会は危機に面しているといってもいい。通訳たちのポカで仕事が進まなくなってしまっているのだ。少しでも早く工事を進めなければならない。

この少年が救いの手になってくれるといいのだが。

彼らが持ってきてくれた封筒のお礼もまだしていないしな。交友を深めるために『昼食』でも一緒に食べるか……さて、小さい子どもたちには何が喜ばれるのか考えてみよう。

あまりにも見当違いの考えを繰り広げるウィルであったが、クレアはただただ美味しくケーキを頂いていたのであった。

＊　＊　＊

事務所から出ると、なぜか人足たちに出待ちされていた。

両手で小さな花束を持ち、今か今かとクレアたちが出てくるのを待っていたギガゾウ。

そして、彼の周りにいる何人もの人足たちは、ワクワクとした顔でこちらを見ている。

「どうしたんだギガゾウ……それに何でみんないるんだ？」

人足たちの不審な行動にウィルが首を捻《ひね》る。

「いや、ほら、坊主たちと遊ぶ約束をしていたからな。今から一緒に遊ぼうと思ってさ」

ギガゾウはウィルに返事をしつつも、クレアたちを探してキョロキョロとしている。

えーっ、絶対遊ぶ約束なんかしてないしっ！

クレアとライオネルは思わずウィルの背中に隠れようとしたが、子どもとはいえ二人だとウィル一人では背中の広さに限界があった。

その上、下手な動きが災いしてギガゾウの目に留まってしまったのだ。

「あっ、いたっ！　坊主たちっ、待ってたぞ。さあさあ、おじちゃんと遊ぶぞー。今から美味いものを腹いっぱい食わせてやるからな。その後は公園に行っていっぱい遊ぼう。最後は市場に行って好きなものを、なーんでも買ってやるからなっ！」

クレアたちを見つけてテンションが上がったらしいギガゾウは、畳み掛けるように話しかけてくる。

怖いっ。

メッチャ怖いっ。

元々が凶悪犯的な顔をしているギガゾウだ。グイグイ迫ってくると、凶悪度も右肩上がりだ。今すぐ撲殺か絞殺されそうだ。クレアとライオネルはその場でジリジリと後ずさる。

しかし、悲しいことに、三歩ほどで、事務所のドアにぶつかり、動けなくなってしまった。

自分の命が風前の灯《ともしび》のように感じられる。

「ギガゾウ……お前、今日は現場だったよなぁ」

「あ、え、ああ。えっとぉ」

地を這《は》うようなウィルの声に、ギガゾウはバツが悪そうな顔をして口ごもる。

「お前たちもそうだよなぁ。今日は全員揃って現場だと俺は思っていたが違うのか？」

ワクワクとした顔で、こちらを見ていた人足たちを、ウィルはグルリと見回す。ウィルの視線は氷の刃《やいば》のようで、その場にいた人足たちを一瞬で固まらせる威力があった。

人足たちはギギギと擬音をつけたくなるような動きで首を動かし、隣同士で顔を見合わせている。

「い、いやだなぁー、俺たちはそろそろ現場に行こうとしていたんだよなぁ」

「そ、そうそう。もう行こうかなぁーって」

「あっ、俺行かなきゃ。送迎馬車が出発しちまうといけないからな」

「そうだっ、急ごう」

人足たちは蜘蛛《くも》の子を散らすように、その場から逃げ出す。

とうとうギガゾウ一人が残されてしまった。

「ギガゾウ。お前も早く現場に行け」

「で、でもよう。坊主たちと俺は約束したからよぉ」

「ほう、班長のお前が現場には行かないと。へぇ～、それで作業が進むと思っているのか」

「いや、でもトロもいるし大丈夫じゃ……」

「ギ・ガ・ゾ・ウ」

「わかってるよー。わかってるってっ。だが坊主たちが……」

ギガゾウはウィルに叱られながら、でも、チラチラとクレアたちに視線を向けている。諦めきれないのか、その場に留まりなかなか動こうとしない。

「懐かしい……」

クレアの口から、思わずそんな言葉がこぼれ落ちた。

ギガゾウが叱られている姿を見て、前世の、おばちゃんだった頃の記憶がポロリと一つ、蘇《よみがえ》ったのだ。

前世のおばちゃんが住んでいたアパートの近くには、美味しいと評判のおでん屋さんがあった。

おばちゃんもよく買いに行っていたが、そこには看板犬の『ローズちゃん』がいた。

犬種は土佐犬。体高は八十センチ。体重は七十キロを超える、威風堂々とした闘犬だ。

しかし、ローズちゃんはご主人様に溺愛されて成長した箱入り娘で、人を十人は食い殺したような見た目に反して、おっとりとした大人しいお嬢さんだった。

子どもが大好きで、吠えた声を聞いたことがないほどおだやかで、ご主人様にちょっとでも叱られようものなら背を丸め、耳を垂れ、尻尾を股の間に挟み込んで、上目づかいでご主人様を見る。

まるで今のギガゾウそっくりだった。

「クレイッ」

ライオネルが制止の声をかけるが、それよりも先に、クレアはフラフラとギガゾウの方へ近づいていってしまった。

「よーしよしよし。そんなに心配しなくても大丈夫。明日からここで働かせてもらうからな。毎日会えるぞ」

「ほっ、本当か」

「ああ、本当だとも、明日にでも遊んでやるからな」

ギガゾウに近づいたクレアは、なんとギガゾウの頭をポンポンと撫でたのだ。

屈んでいたとはいえギガゾウは大きい。クレアは目いっぱい背伸びをして、なんとかギガゾウのスキンヘッドの頭に手が届いた。

「約束だからなっ。絶対、絶対遊ぼうな」

「わかった、わかった。ほら、みんなが待っているんだろう、早く行ってこい」

「おうっ」

ギガゾウはクレアにブンブンと大きく手を振りながら、出口から走って出ていく。

「絶対、遊ぼうなーーー」

ドップラー効果を残しながら。

ライオネル、ウィル、ライトは、そんな光景をただただ口をポカンと開けたまま見ていた。

後にクレアは『ファーガ商会の猛獣使い』と呼ばれることになるのだが、にこやかにギガゾウに手を振る今のクレアは知る由もないのだった。


封筒を拾ったお礼にと、ウィルが連れていってくれたのは、なんとステーキ専門店の金鷲亭《きんわしてい》だった。

封筒を届ける最中に、ライオネルと『行きたいね』と話し合っていた、あの金鷲亭《きんわしてい》だ。

中央広場に面したお店の中ではダントツにお高いお店なだけあって、豪華な店構えをしており、入るのをためらわせる。その上店に入ると、お仕着せを着た人が席まで案内してくれるのだ。

クレアもライオネルも、行儀が悪いと思われないよう、店内をキョロキョロ見ないよう、手をぎゅっと繋いでウィルの後を付いていった。

「好きなものを注文して」

ウィルはそう言ってくれたけど、メニューの一番高い品物を頼むなんていう下品なことはしない。

一番ボリュームのあるものを頼むのだ！

クレアは『ガッツリ盛り盛り男のステーキセット』。

ライオネルは『満腹決定スペシャルステーキセット』。

こんなチャンスはそうそうない。腹に詰め込めるだけ詰め込まなければ。

出来れば、お代わりも切に希望する。

それなのに、それなのに……

ちびっ子二人は、一人前を食べるのにさえ四苦八苦だ。

食べ始めは、ほっぺたが落ちそうになるほど美味しかったのに、今では、満腹すぎて、何を食べているのか味がわからなくなってきた。

はっ！

もしや事務所でケーキを出されたのは、このためなのでは。ステーキ代を抑えるための……

クレアは穿《うが》った考えを持ってしまうのだった。

「いや、そんなに無理しなくていいよ……」

クレアの必死な姿を見ていられないのか、ウィルが思わず声をかける。

「残したっていいいし、なんなら持ち帰りに……」

「大丈夫ですっ」

即答だった。

今食べずに、いつ食べるというのか。

だが、そろそろ限界のようだ。ウィルの助言を聞いて、泣く泣く残りを持ち帰りにしてもらう。

「まだまだいけたのに……あと一人前ぐらいなら、なんとかいけるはずだったのに……」

怨嗟の言葉と共に恨みがましい視線をウィルへと向けてしまう。

そんなクレアに苦笑いをしながらも、ウィルはお土産を持たせてくれたのだった。

帰りは馬車で家まで送ってくれることになった。

ファーガ商会から中央広場まで徒歩で三十分強。中央広場からガーロ爺さんの小屋まで徒歩で一時間。これから毎日片道一時間半以上かけて通うことになる。

それでも、就職が決まって安定した収入が得られるのなら、頑張れる。

そんな決意をクレアが固めていた横で、ライトがいきなり声を上げた。

「そーいえば、ここって送迎馬車の停留所の近くっすよね。クレイたちも送迎馬車に乗ってくれれば楽チンじゃん」

「送迎馬車って何ですか？」

クレアは不思議そうに首を傾げる。

「ああ、ファーガ商会は日雇いの人足たちを多く雇うんだ。だけど、日雇いは集まりが悪くてね、商会まで来いと言っても、遠いからなのかなかなか来ない。商会から現場までは強制的に馬車に乗せて連れていくからいいんだけどね。そこで、ネライトラの街の何か所かに停留所を作って、人足たちにそこに集まるようにさせているんだ。そこから送迎馬車に乗せて、商会に連れてくるんだよ」

「へー、そうなんだ」

「ああ、ここにはネライトラ領の一番端の停留所があったたな。クレイもそこで馬車に乗ってくるといい。馬車だと三十分はかからないし無料だよ」

「えっ、いいんですか」

「勿論だよ、れっきとしたファーガ商会の職員になってもらうんだからね。送迎馬車の御者には連絡しておくから、明日から乗っておいで」

「ありがとうございます。ライ、良かったね」

「うんっ」

クレアとライオネルは二人で手を取り合って喜んだ。

クレアはホッとした。自分は長時間歩くのは構わないが、栄養失調だったライオネルを同じように歩かせるのは心配だったのだ。

良かった。

胸を撫で下ろしたクレアだった。

◇◇◇

ファーガ商会の雇用形態は数種類ある。

その日に雇われ、その日に賃金を貰う、日雇い。

一つの作業終了まで雇用の契約をし、その作業が継続されている期間は雇われ、週ごとに賃金を貰う、期間従業員。

雇用期間は決まっていないが、臨時に雇われていて、週ごとに賃金を貰う、アルバイト。

ファーガ商会に正式に雇用されている正職員。正職員のみが月給制である。

ちなみにギガゾウやトロは正職員だ。人足と一緒に現場で仕事をしているように見えるが、実際の業務は人足たちの管理や作業の運行管理が主となっている。

現在の肩書は班長だが、後々は現場監督や作業統括者になる予定だ。実は幹部候補生だったりする。

クレアはアルバイトとして採用された。男爵家のこともあるので、一日五時間。週五日勤務だ。

それでも時給千ウーノ貰えるので、日当は五千ウーノとなる。今までの子どものお手伝いとは違い、段違いの高給取りだ。

心底思う。仕事が決まって良かった。

これでライオネルと一緒にご飯が食べられる。ご飯だけじゃない、おかずも、洗い替えのパンツだって買える。

頑張ってお金を貯めたら、ライオネルと二人で住む家も借りられる。夢に近づくことが出来る。

せっかく就くことが出来た仕事だ、頑張ろう。

初出勤を迎え、クレアは気合を入れた。

そして、固まった。

「あの……、この机が俺用ですか」

「そうだよ、遣り甲斐がありそうだろう」

クレアの直属の上司となった営業課のセージ課長が、クレアの席だといって案内してくれた場所は、あまりにも、あまりだった。

机の上には書類が山をなし、今にも雪崩《なだれ》を起こしそうなほどのボリュームがある。

仕事内容はワーカリッツ語の翻訳だと聞いていたが、この山になっている書類の全てを翻訳しろというのだろうか？

「書類のフォーマットは変更ないから過去のやつを見てね。ワーカリッツ語の辞書は後ろの棚にあるから。じゃあよろしく〜」

セージはヒラヒラと手を振って、隣の課長室へ行ってしまった。

おい、待てや。今日入社したばかりの新人を放置すんな。

仕事どころか、トイレの場所すらわからんわっ！　一人部屋に残され、呆然と立ち尽くす。

仕方なくヨロヨロと席に着くと、手前の書類を一束、手に取って見る。

「読めない……」

眉間に皺《しわ》が寄ってくる。

文章が難しいとか、単語が難解とか、そんなことじゃない。

数年とはいえ、家庭教師からワーカリッツ語はしっかり習ってきた。辞書もある、単語を順に引いていけば、なんとか文章を作っていけるはずだ。

ただ単に、この書類は字が汚い。独特の癖のある文字で、外国語じゃなくたって読みにくい。

「国からの依頼の仕事を、こんな文字で書いてんじゃねーよ」

会ったことのないワーカリッツ国関係者に悪態をつく。

「ちっくしょーっ、やってやる、やってやるよ。やりゃぁいいんだろぅ」

羽ペンを手に取り、翻訳へと取り掛かる。

一心不乱に仕事に取り組む。

ペンのカリカリという音だけが、部屋の中に響く。

机の片隅には、処理済みの書類が一山出来ている。

部屋にはクレアだけで、他には誰もいない。

同じ部屋にいるはずの通訳たちは、みんな仲良く食中毒で入院中だ。

孤独に仕事に励むクレアだった。

クレアは考える。勿論仕事の手を休めずにだ。

現在、時給千ウーノ。ここから百ウーノ昇給したとして、一日五時間働くから、五百ウーノの増額となる。これは大きい。

フフ。フフフフ。

頑張れる。頑張れるわ。昇給のためなら頑張れる。

部屋に一人きりが何だというの。書類が読みにくかろうが、面倒くさかろーが。どうということはないわ。上司が部下をほっぽって、どっかに行ってしまおうが、自分でトイレぐらい探せる。

問題なし。そう、問題なんか全然ない。

給料を思えば、困難なことなんて何もないと思えるクレアだった。

ありがたいことに、クレアは給料取りになった。サラリーマン（ウーマン）になれたのだ。

昨日は給料日だったのだが、入社したばかりのクレアの給料は、週払いで三日分だった。それでも今までの〝お小遣い〟に比べると段違いに高級取りだ。

大切に使わなければならない給料だが、振り分けに悩んでしまう。

将来（独立）のために貯金したいのはヤマヤマだが、食費にほとんどが飛んでいく。

これは仕様がないことだ。

ライオネルの朝食は、ありがたいことにガーロ爺さんが提供してくれている。ガーロ爺さんには本当に頭が上がらない。

昼食はクレアが男爵家の厨房から、なんやかんや言って貰ってきたものを二人で食べている。

男爵家の使用人たちは、クレアを可愛がってはくれないし、味方もしてくれない。

それでも虐《いじ》めはしない。

これはありがたいことで、厨房に行き、色々と理由をつけて、食事を多めにくれと言うと、料理人はちゃんと多めに分けてくれるのだ。

他の家族に比べると段違いの粗食だが、クレアとライオネルの昼食はこれで賄《まかな》っている。

夕食はファーガ商会からの帰り道に屋台で購入して、それを持ってガーロ爺さんの小屋へと帰る。

ライオネルは食べ盛り、というよりは、痩せすぎているから少しでも多く食べさせたい。出来るだけバランスよく数種類買うようにしている。

この食費の残りで、その他モロモロを揃えなければならない。

ライオネルは何も持っていないので、時間はかかるだろうけれど、揃えていってあげたい。

取り急ぎ購入しなければいけないのは、パンツだ。今の一番の緊急課題はライオネルのパンツの購入だ。

前回銭湯に行く時にライオネルのパンツを二枚買った。洗い替え用の二枚なのだが、手持ちのお金がそろそろ底を尽きそうで、最低限の購入だった。

ライオネルは毎日ガーロ爺さんに、男爵家の使用人用の共同浴場に連れていってもらっている。

その帰りに使用人用の共同洗濯場で洗濯をしていると言っていた。毎日自分のパンツをちゃんと洗っているのだ。

そして、それをガーロ爺さんの小屋の裏手に干している。

ギリギリだ。ギリギリのパンツ生活なのだ。

上着やズボンは、ガーロ爺さんの息子さんのお下がりを何枚か頂いている。

しかしパンツは二枚。二枚ポッキリ。ここで雨が降ったなら、ライオネルは、生乾きのパンツを穿《は》かなければならないことになる。

あと一枚。いや二枚以上はパンツが欲しい。

雨が降った後でも、乾いたパンツを穿《は》けるよう、パンツの購入は必須だといえるのだ。


食費を除いた給料を握りしめ、クレアとライオネルは衣料品店へやってきた。前回ライオネルの下着を買った、子どもの衣類も売っている店だ。

店の入り口のすぐ横にワゴンセールの商品が置いてあった。クレアは迷わず、そこへ進んでいく。どうしても懐事情的《ふところじじょうてき》にお買得品の購入になってしまうのだ。

ライオネルは色々な商品が珍しいのか、店の奥へと入っていってしまった。

目の前には三枚千ウーノの白いお徳用男児パンツ。

しかし、視線を横にずらすと、そこにはワンランク上のカラフルな男児パンツ。

この世界のパンツは、前世とそうまで変わらない形をしている。

ただ、ゴムがないので、紐で調整するようになっている。今回は成長を見越して、ちょっと大きめのサイズを購入するつもりだ。

カラフルなパンツは一枚五百ウーノ。三枚買うなら千五百ウーノ。

クレアにすると五百ウーノの違いは大きい。

しかし、さすがワンランク上のパンツだけあって、手触りもいいし、縫製もしっかりしているように思える。カラフルなのもポイントが高い。

どうする？　パンツを前に、真剣に悩むクレア。

ここで五百ウーノの投資でパンツが長持ちするのならば、長い目で見れば得をすることになる。

しかし相手はパンツだ。長持ちしないかもしれない。毎日の洗濯に耐えられるだろうか。

お徳用パンツとワンランク上パンツを両手に持ち、クレアは立ち尽くす。

「クレイ見て。すっごくカッコいいTシャツがあったよ！」

店の奥で色々と見ていたらしいライオネルが一枚のTシャツを持ってクレアのもとへと走ってきた。

何だかテンションが上がっている。それほど気に入ったTシャツがあったのだろう。

「ぐえ」

Tシャツを見たクレアから変な声が漏れる。何だこのTシャツは。

紫色のTシャツは、全体的にラメが入り、前面にはデカデカと虎の顔の絵が描かれている。

「あー、それは大人用だから、ライには、ちょっと無理かなぁ」

ライじゃなくても、大阪のおばちゃん以外に似合う人はいないと思うよ。それも女性なのにパンチな頭にしている人。

前世の記憶があるクレアは、そう思うのだった。

「そっかぁ、残ねーん」

ライオネルは素直にTシャツを元の場所へと戻してくれた。

「クレイは買うの決まったの？」

「ライの下着をどうしようかと思って」

クレアは両手に握っていたパンツをライオネルに見せる。

決めた。ライオネルがワンランク上のパンツを選ぶというのならば、いくら高くても、それを買おう。他をやりくりすれば、五百ウーノぐらいなんとかなる。

「うーん。パンツはやっぱり白だよねぇ」

その一声でライオネルのパンツは決まった。即決だった。

ライオネルのパンツは白一択。こうして、クレアの買い物は終了したのだった。

◇　◇　◇

クレアの母親である、リリ・ハートレイ男爵夫人は社交界が大好きだ。

周りから美人だとか綺麗だとかチヤホヤされるのが生きがいだし、称賛の言葉や眼差しを向けられるのがなによりも心地いい。

呼ばれた茶会や夜会には全て出席するし、主だった貴族の舞踏会やパーティーには、招待状をどうにかして手に入れて参加している。

今日も近くの子爵家の夜会に参加するために、お供の夫を引き連れて出かけていった。

つまり今日は帰ってこないはずだ。せいぜい明日の昼過ぎに、居眠りしながら馬車に揺られて帰ってくるといった所だろう。

クレアはほくそ笑む。

今日は男爵家に帰らなくても、誰からも咎められないし、気づかれない。いつもは夕食に顔を出すためだけに帰っているようなものなのだから。

兄妹はもとより、使用人もクレアのことは気にかけてはいないし、気にもしていない。

今日は家庭教師に勉強を習う日なのでファーガ商会もお休みだ。

勉強が終わったら、明日の朝、ファーガ商会に出勤するまでフリーなのだ。

「ライ、今日は俺、ガーロ爺さんの小屋にお泊まりするよぉ。ガーロ爺さんも、いいって言ってくれましたぁ」

「やったぁーー」

ライオネルが万歳をして喜ぶ。

初めて一緒に眠れるのだ、ライオネルのテンションもアゲアゲだ。

小さなガーロ爺さんの小屋には食堂兼居間兼寝室の部屋が一つだけ。その部屋も狭い。ガーロ爺さんと子どもとはいえ二人が一緒に眠るとギュウギュウ詰めだ。それでも一緒にいられるのなら楽しいばかりだ。

クレアは今生では、他所のお家に泊まるのは初めてだ。

母は自分の子がブサイクだと知られたら恥ずかしいからと、クレアを家から出したことがなかった。

お茶会に出たこともないし、子どもたちの集まりにも、呼ばれたことも呼んだこともなかった。

ライオネル同様クレアも、このお泊まり会にワクワクしているのだ。

「凄いねぇ、ライは竈《かまど》も使えるんだ」

「うん。おじいちゃんに習ったんだ」

ライオネルは器用に種火から竈《かまど》の中に火を熾《おこ》していく。

ガーロ爺さんは、庭師としての仕事が残っているらしく、まだ小屋には戻ってきていない。

ガーロ爺さんが戻ってきた時には夕飯を準備しておきたいと、二人して夕飯作りに奮闘中だ。

今まで何も恩返しが出来ていないし、こんなことが恩返しになるとは思えないけど、少しは役に立ちたい。と、いうのは建前で、ライオネルと二人で何かやれることが嬉しいのだ。

クレアは前世がおばちゃんだったとはいえ、煮炊きはガスコンロでスイッチ一つだった。竈《かまど》の火を熾《おこ》したことなんてなかった。その上、今生では一応貴族令嬢なので、なおのことやらない。

自然と野菜を切るのはクレア、煮るのはライオネルに落ち着いた。

二人で作ったのは、具だくさんとは言えないスープ。

一品だけだが、ガーロ爺さんは大喜びしてくれた。

クレアもライオネルも恥ずかしくって、それでも嬉しくって、ニマニマした顔を見合わせた。

楽しい時間はあっという間に過ぎるもので、すぐに寝る時間になったが、寝るのも楽しみだった。

初めて一緒に寝るのだから。

布団は二組。それ以上は敷くスペースがない。

いつもはガーロ爺さんとライオネルが並んで寝ているのだが、今回は三人並んで寝ることになる。真ん中はライオネル。布団の継ぎ目になるけれど、そんなことは全然気にならない。それどころか、両側から話しかけられて、ライオネルは嬉しくてたまらない。

その上クレイは手を繋いでくれているのだ。眠るのがもったいなくて、ずーっと話していたいのに、瞼《まぶた》がだんだんと下がってきてしまう。

必死で瞼《まぶた》を開けていると、隣でクレイがクスクスと笑っている。ライオネルもつられてクスクスと笑ってしまって、そのまま眠ってしまったのだった。

小さな二つの寝息を聞きながら、ガーロ爺さんは笑みを深くする。

しっかり繋がれたままの二人の手をそっと布団の中に入れてやりながら、この愛しい孫たちに幸せな未来が訪れるよう願うのだった。

ウィルやライトの口添えで、ライオネルも日雇いでファーガ商会に雇ってもらえるようになった。掃除やお使いなどをして、作業に見合った賃金を貰う、お手伝いさんだ。日雇い扱いだが、賃金はクレイと一緒に貰いたいから週払いにしてもらっている。元々頭のいいライオネルは、職員の指示を正確に理解するし、機転もきくのでみんなから重宝されている。

＊＊＊

「ライオネル君、これお願い」

「はーい」

管理課のシーネから封書を受け取ると、走ってファーガ商会の建物から飛び出していく。配達のお仕事だ。

ここファーガ商会から、ライオネルの足で五分くらいの場所に、ファーガ商会の倉庫がある。その倉庫の管理をしているガントへ書類を届けるように依頼されたのだ。

「こんにちはーっ。ガントさんいますかー。シーネさんからの御届け物でーす」

開けっぱなしの扉から倉庫の中へと入っていく。

倉庫はとても大きくて、ぱっと見た限りではガントがどこにいるかはわからない。

声を張り上げながら、奥へと入っていく。

「おう、ご苦労様」

天井近くまである棚の奥から、ひょっこりと老人が出てきた。ガントだ。

工具や作業用品など、多種多様な物が置かれている倉庫だが、管理しているのは、ガント一人だ。七十代半ばのおじいちゃんだが、元現場監督をしていただけあってとても恰幅《かっぷく》がいい。

顔も強面《こわもて》だ。最初はちょっぴりビビっていたライオネルだったが、何度か来るうちにガントが優しいことに気づき（お菓子を何度か貰った）、今では仲良しになっている。

「うわぁ、何だか荷物がいっぱいだぁ」

いつもはガントにより整理整頓されている倉庫内だが、今日は数多くの荷物があり、雑然としている。

「ああ、裏にあった古い倉庫を潰すことになってな、残っていた荷物をこっちに移したんだわ。ほとんどがガラクタなんだが、一応見とかないとな。必要なものが混ざっているかもしれないし、捨てちまうとヤバイからな」

「へー、そうなんだ。色んなものがあるねぇ」

ライオネルは封書をガントに渡すと、キョロキョロと辺りを見回す。

「ああそうだ。向こうにある黒い木箱のヤツは廃棄品だから、気に入ったものがあったら持っていってもいいぞ」

「えっ、本当？　見てみるっ」

ライオネルはガントが指差した木箱に近づいていく。

結構な大きさの木箱だ。高さはライオネルの腰辺りまでと、そこまで高くはないが、幅はライオネルが両手を広げても届かないほど大きい。様々な品物が重なるように入っている。

「うわぁー、いっぱいだぁ」

木箱の中に上半身を突っ込むようにして見回したが、すぐに顔を上げた。

「うーん、何に使う道具なのか全然わかんない」

木箱の中に入っている品物のほとんどが、今まで見たこともないものばかりだったのだ。

「ははは、そうだろうな。作業用の工具ばかりだからな、坊主には用なしだ」

「ざんねーん」

木箱から離れ、ガントの方へと戻ろうとした時、木箱の中の何かがキラリと光った。

「ん？」

またも木箱の中を覗くと、重なる工具の下の方に、茶色いものが光を反射している。

「何だろう？」

一つ一つが結構な重量のある工具を丁寧に退《ど》かしていくと、出てきたのは茶色いビンだった。

大きさはライオネルが両手で包むと少し余るぐらい。

口が広いので飲み物のビンではなさそうだ。

こんな雑多な木箱に入っていたが、奇跡的に欠けても割れてもいない。

「うわぁー、ビンだぁ」

木箱の中からビンを取り出し、かざして見る。濃い茶色のビンは、酷く汚れていたが、それでも窓からの光を反射している。この世界では、まだまだビンは貴重で珍しく、高級品といえる。

ライオネルもあまりビンを見たことはなかった。

「おお、ビンかぁ、そんなのが入っていたか。何のためのものか全然わかんねぇなあ。どうせ捨てるやつだ、気に入ったなら持っていくといいぞ」

「ホントに。ありがとうっ」

「ああ、凄く汚れているみたいだから、裏の井戸で洗っていくといい」

「うんっ」

ライオネルは、ビンを両手で大事そうに持つと井戸へと走っていった。

井戸水で何度もビンを洗うと、思ったよりも綺麗になった。

濃いこげ茶色のビンは、クレイの瞳に少し似ている。ライオネルの一番好きな色だ。

ビンの水気をよく切ると、ポケットからハンカチを取り出して包む。小さなハンカチはビンを包みきれないが、それでもライオネルはご満悦だ。

このハンカチはクレイから貰った物だ。中央に凛々《りり》しいクマが刺繍《ししゅう》されている、クレイの御手製だ。こんな凛々《りり》しいクマを刺繍《ししゅう》出来るクレイは凄いと思う。ライオネルの大切な宝物だ。

ライオネルは大切にビンを抱えると、ガントにもう一度礼を言って、クレイのもとへと帰っていく。

クレイはライオネルが一人でいることを嫌う。

クレイ曰く、ライオネルが綺麗すぎて、人さらいやヘンタイに目をつけられるといけないから。

ライオネルは、大げさだなぁ、と思うけれど、クレイが心配してくれるのは嬉しい。

出来る限り、クレイの意に沿いたいと思うのだ。

そんなクレイは今一人で仕事をしている。

本当は通訳の人たちが一緒の部屋にいるはずなのだが、今は全員が入院しているらしい。

前にライオネルが『一人で寂しいね』と声をかけると、『ちっとも』と返事が返ってきた。

クレイは強くて偉いと思う。

ライオネルは、そんなクレイの側にいたいのだ。

＊　＊　＊

「クレイ、見てみてっ」

クレアがたった一人で仕事をしていると、ライオネルが凄い勢いでやってきた。

「ライどーした。お手伝いしてきたの？」

「うん。倉庫に行ってきたんだよ。それでこれを貰ったんだ」

ライオネルは、両手でビンを掲げる。洗われたビンはキラキラと光を反射する。

「うわぁ、ビンだ、珍しいねぇ。貰ったの？　良かったね」

「うん。綺麗に洗ったんだよ。これね、クレイにあげようと思って持ってきたんだ」

「俺に？」

「そう。クレイの瞳の色みたいで綺麗だなって思ったの」

ニコニコと笑うライオネル。

「ぐはっ。ライが尊すぎる。萌えすぎて胸が痛い」

胸を押さえて、うずくまるクレア。

「クレイどうしたの、大丈夫？」

「大丈夫だよ。ただライのことが大好きすぎるだけ」

「えへへ、僕もクレイだーい好き」

ライオネルがクレアへ、ぎゅーっと抱き着いてくる。

この頃のライオネルは素直に愛情を表現してくれるので、嬉しい限りだ。

「そっかぁ、俺にくれるんだ、ありがとうね」

クレアは、ライオネルから受け取ったビンをクルクルと回して全体を見る。

「そうだ、これを貯金箱にしようか」

「貯金箱？」

「そう。このビンに二人のお給料を入れていこう。たぶん、お給料がビンいっぱいになったら、お家を借りて、二人で一緒に住めるようになれると思うよ」

「ホントにっ！」

「本当だよ。まだ入れてみないとわからないけど、今貯まっているお給料は、このぐらいじゃないかな」

ビンの下から四分の一ぐらいの場所を指で示す。

「これがいっぱいになったら一緒に住めるんだ。僕、頑張る。早くビンがお給料でいっぱいになるように頑張るよっ！」

「うん。俺も頑張るよ」

クレアとライオネルは、共に夢に向かって頑張ろうと笑いあったのだった。

◇　◇　◇

「おーい、クレイ現場行くぞー」

作業運用課の課長であるリッツが、事務机で辞書を片手に翻訳書類と格闘しているクレアに声をかけた。

「えっ、現場ですか？」

クレアは商会に入って日も浅く、小さな子どもだということもあり、今まで現場に行ったことはなかった。

他国であるワーカリッツ国から、共同工事に子どもを連れてくるなど何を考えているのだ、とクレームが入ることも考えられるからだ。

「ああ、今日は向こうから技術者が来るから、どうしても通訳が必要なんだ。通訳が全員食中毒でいません、なーんて話が通じるわけはねぇしな。急で悪いが現場に来てくれ」

リッツは困っているらしく、へニョリと眉を下げている。

「そうなんですか。でもワーカリッツ国からは通訳は来ないんですか?」

クレアは不思議そうに首を傾げる。

両国で行う工事なのに、なぜこちら側ばかりが通訳を用意するのだろうかと不思議に思ったのだ。

「ああ、ワーカリッツ国側もちゃんと通訳は連れてきているぜ。ただ向こうの通訳が正しく訳しているかどうかは、こちらに通訳がいねぇとわからねーからな。相手方の言い分を一〇〇%信じるわけにはいかねぇんだよ。後で、そういうつもりじゃなかったって言った所で通じねぇからな。おかげで書類にハンコ一つ押せやしねぇよ」

「え、国同士なのに、ウソをついたりするんですか?」

クレアは驚いてしまう。

「いやいや、そういうわけじゃねぇ。ただ言葉っていうのは、とらえ方次第で全然違う意味になっちまうことがあるってことだ。ワーカリッツ国としても自国に出来るだけ有利に工事を進めたいだろうし、金額の負担を少しでも減らしたいと思うのは当たり前のことだしな。向こうの言うままに工事や契約を進めるわけにはいかねぇのさ。それに、こちらの言葉が正しく相手に伝わっているかもわからねぇからな」

「へー、そうなんですね」

リッツの言葉にクレアは思いもしなかったと頷くのだった。

こうやって、心づもり一つ出来ないままにクレアの現場デビューが決まってしまった。

「初めまして、クレイと申します。通訳を務めさせていただきます。まだ始めたばかりで不慣れですが、精いっぱい頑張りますので、よろしくお願いします」

片手を胸に当て、少し右足を引いて腰を落とす。そして頭は下げず顎を引いて相手の目を見る。この時、少し微笑むと、なお良し。

家庭教師から習っていたワーカリッツ国の正式な挨拶だ。

クレアにこの作法を教えてくれたワーカリッツ語の家庭教師は、ワーカリッツ国出身の老婦人で、言葉の他にも様々な礼儀作法や文化などを教えてくれた。

外見に囚われず、まっとうな授業をしてくれるとてもいい先生だった。

クレアに対していい先生ということは、パトリシアからすると気に喰わない先生ということになる。ある日突然家庭教師は、クビになっていた……

「これはこれは、丁寧な御挨拶痛み入ります。私はトリニートと申します。こちらは通訳のステインです。こんなに小さいのに、我が国の挨拶が完璧ですね。もしかして、ワーカリッツ国の人ですか?」

「いいえ、貴国には一度も伺ったことはありません。ぜひ行ってみたいと思っています」

クレアはニッコリ笑うとナイスミドルなトリニートと握手をし、次にステインと握手を交わす。

小さな子どもが通訳として来ていても拒絶されず、文句も言われなくてホッとしていることは、おくびにも出さない。

ただ、トリニートという名前になぜか引っ掛かりを憶えた。

初めて会った人なのに、なぜだろう。

仕事としては、ワーカリッツ国の通訳ステインが主導する形で進んでいった。

クレアが書類を多数翻訳したからといって、専門用語はそうそうわからなかったし、仕事自体に慣れていない。相手国の通訳がキチンと訳しているか、クレアが訳した言葉が相手国に間違わずに通じているかに重きを置いた。

「小さいのに通訳が上手ですね」

仕事が進んでいくと、トリニートやステインたちとも大分打ち解けてきて、仕事の合間に世間話も出来るようになってきた。

「ありがとうございます。初めての通訳ですので、至らない所が多々あると思います」

トリニートの問いに、ニコニコと愛想笑いで答える。

「ええっ、通訳初めてなの、上手だねェ」

クレアの返事に、トリニートの隣にいたステインも話に加わる。

「もしかしたら、いつもは学校に通っているの？」

同じ通訳だからなのか、ステインの方がクレアに興味を持ったようだ。

「いえ、ファーガ商会で、書類の翻訳の仕事をさせていただいて……」

話の途中でクレアの言葉は止まってしまった。

何だろう、何かが引っ掛かる。

クレアは考え込む。喉の奥に小さい何かが詰まったように、まどろっこしい感覚。

思い出したいのに、思い出せない。あと少しで思い出せそうなのに……

キーワードは書類の仕事。何だろう。書類……翻訳……

フワリと数時間前までやっていた仕事のことを思い出す。

「あーーーーっ‼　あの、きったない文字の報告書。何書いてあるかわかんないし、ぜんっぜん読めないし！　メーワクかけまくられている、あの報告書。何度クシャクシャに丸めて捨ててやろうかと思ったか。何部も何部も、嫌っていうほどあったあの報告書。作成者名は、全部ぜーんぶ、トリニートだった。お前かーーーーーっ‼」

クレアは思いっきり指を差して、叫ぶ。

「え、え、え？」

クレアからいきなり叫びながら指差され、トリニートは困惑する。

何を言われているか、まるでわからないからだ。

なぜなら、クレアは自国の言葉で叫んでいた。あまりに興奮して、相手が外国人だろうが何だろうが、関係なしに猛《たけ》って叫んでいたのだ。

「ぶはぁっ、わかる、わかるよぉ。トリニートの文字を読める奴はそうそういないからね。そうかぁ、外国にまでトリニートの汚い文字は迷惑をかけていたのかぁ」

噴き出して笑っているステインも、ジンギシャール語を話してくれている。

結局トリニートは、なぜ自分が指差されたか、わからないまま本日の作業を終えた。

ステインがニヤニヤと笑いながら、クレアの苦労をトリニートにわからせてあげようかと言ってくれたが、遠慮した。

ステインがわざわざジンギシャール語で相槌《あいづち》を打ってくれたのだから、他国の工事関係者と軋轢《あつれき》を作りたくはない。ステインの配慮に感謝したクレアだった。

＊　＊　＊

作業を終え、クレアたちと別れたトリニートとステインは、お茶を飲みながら一息ついていた。

「いやぁ、自分のことを『乙女』だと思い込んでいるんだろうねぇ」

「ジェンダーは、歳には関係ないとはいえあんな小さな子がねぇ」

今日一緒に仕事をした、まだまだ幼い少年のことが話題にのぼっていた。

あまり裕福そうには見えない少年だったが、見事な所作と言葉使いだった。

一度も行ったことがないというワーカリッツ国の言葉を流暢《りゅうちょう》に話し、正式な挨拶もしてみせた。

頭の回転も良く、打てば響くような受け答えをする見事な通訳だった。

ただ、なぜか言葉使いも、挨拶も全てが女性仕様だったのだ。

最初にしてみせた挨拶は、ワーカリッツ国の正式な挨拶で完璧な所作だった。

貴族令嬢が行うカーテシーをこんな現場で見せられるとは思いもしなかったが。

言葉使いも全てが女性言葉。それも令嬢言葉だった。

例えば『違います。あっちに行ってください』を少年は『違いますわ。あちらに行ってくださいまし』と訳する。なぜだ……

あれほど流暢《りゅうちょう》に話しているのだから、自分の女言葉はわかっているだろうに。

気づかないなんてことがあるのだろうか？　やはり、好んで使っているとしか思えない。

人の性嗜好をとやかく言う気はないが、でもあんなに小さいのに……

なぜか考え込んでしまう二人だった。

＊　＊　＊

「『慰安の夕べ』ですか？」

ウィルの言葉にクレアは首を傾げる。

いったいなんなのだろう。

「そうそう、福利厚生の一環でね。今度の週末に食事会をするんだ。ぜひ、クレイとライオネルにも参加してもらおうと思って」

「食事会っ！」

クレアの横で、クレアの真似をして可愛らしく小首を傾げていたライオネルだったが、食事会と聞いて、大喜びをしている。

ライ、粗食しか食べさせてあげられなくてゴメンネ。

喜ぶライオネルを見て、クレアが反省しているとは、当のライオネルは気づいていない。

「出れる？　夕方六時からなんだけど」

クレアは一日五時間勤務にしてもらっている。男爵家の夕飯に間に合うように帰るためだ。

クレアは少し考え込む。今週の週末は……

「大丈夫です！」

そうだ。男爵家の両親は、今週半ばから領地の年度申請をしに、王都へ出発するのだった。

社交シーズンに合わせて行われる事務処理に母親は必ず付いていく。自分のことを社交界の花と思っている母は、何があっても王都へと向かうのだ。

　夕飯は、両親がいない時はバックレたって、そうそう問題はない。部屋に籠ってイジケていると思わせておけばいいのだ。

「ライ、楽しみだねぇ」

「うんっ！　ぎゅ～」

　ライオネルはテンションが上がったらしく、クレアに抱き着いてくる。

「はぁ、お前たちは、いつもくっついてるなぁ。そうだ、クレイ悪いが、週末は『慰安の夕べ』の準備を手伝ってくれるか。シーネ一人じゃ間に合わなくてな」

「了解です」

　ウィルの言葉に、ビシッと右手を目の横に当て、敬礼で答えるクレアだった。

＊　＊　＊

　私の名前はシーネ。

　ファーガ商会の管理課で事務員をしているの。

　趣味はお菓子作り。今は色んなクッキー作りに挑戦している最中よ。

まあ、自分で言うのも何だけど、私の容姿は可愛い系で、結構イケてると思うわ。ファーガ商会に働きに来ている人足たちには結構人気があるもの。

でもね、人足なんてお呼びじゃないの。私は『正職員』の『高給取り』を狙っているのだから。

このファーガ商会は、王都から離れたネライトラ領にあるけど、国からの仕事も受注するほどの大手なのよ。だから正職員を捕まえることが出来れば、まずまず安泰な生活を送れるはず。まあ、結婚生活なんて相手との相性次第の所もあるけどね。

私は、このファーガ商会に、知り合いからの紹介でなんとか入ることが出来たの。頑張って入った商会なのだから、チャンスは逃さないわ。

周りの女性職員からは、やれ腰かけだの男探しが目的だのと、散々酷いことを言われているけど、一言言わせてもらう。

『馬鹿じゃないの』

キッチリ仕事はさせてもらうわよ。当たり前じゃないの。

ほぼ面識もないような人の伝手《つて》で入れてもらっているのに、手を抜いた仕事なんか出来るわけがないじゃない。

私はね、恩を仇で返すような恥知らずじゃないわよ。そこいらの男性職員に負けてなんかいないわ。

だいたい人の悪口を言うような人ほど仕事の手を抜いているわよね。人の悪口を言う暇があったら、申請書の一枚や二枚、多く処理しろって言うの。

私は自分の仕事にプライドよりも責任を持っているの。

ミスしないのは当たり前。仕事は回してなんぼよ。仕事をキッチリやって、旦那様もシッカリ見つけようっていうだけ。文句を言われる筋合いなんてないわ。


同僚の事務員たちの態度を思い出したらムカついてきた。

今日行われる『慰安の夕べ』の下準備……本当だったら事務所にいる女子職員全員でやるはずだったのよ。ライト君はみんなに声をかけていたもの。

それなのに、面倒だからと人に押し付けて全員逃げやがったわ。

『慰安の夕べ』は休憩室で行われるの。

休憩室は誰でも使っていい公共の場で、普段はテーブルと椅子がいくつも無造作に置かれているわ。

今日は立食パーティー形式だから、椅子は全て撤去され、テーブルを繋げて横長の大きなテーブルにする予定。

ウィルさんやライト君は休憩所の設営に行ったから、下準備しているのは、私とクレイだけ。私は元々管理課だからわかるけど、クレイは可哀そうに完全にトバッチリだわ。

「シ、シーネさん終わりません……」

隣のクレイから泣きそうな声が聞こえてきたわ。

『慰安の夕べ』のメニューは『餃子・きんちゃく鍋』。

誰がこのメニューを考えたのか。たぶん、イッツ頭取あたりでしょうね。あのおじちゃんは鍋好きだから。

タネを餃子皮で包んで、タネをきんちゃくに入れて。包んで、入れて。包んで、入れて……

職員の数も多いし、人足の数も多いから、クレイが抱えきれないほどの大きな鍋三つをいっぱいにしなければならないの。

たった二人でやっているのだから、いつまでやっても終わるはずないじゃない。やってもやっても終わりが見えない鍋の下準備地獄が、延々と続いているのよ。

泣きたい気持ちはわかるけれど……

「何を言っているのっ。まだまだこれからよっ。泣き言を言っている暇があったら手を動かす！」

可哀そうだけど、餃子もきんちゃくも、まだ半分も下準備が終わっていない。

頑張ってもらうしかないのよ。クレイの頭を撫でたくなったけど、手が餃子のタネまみれだったから断念した。後でクッキーを差し入れするわね。

同僚たちは馬鹿よね、目先の楽をすることだけしか考えていないのですもの。

管理課のお手伝い（裏方）をすれば、この商会の旦那様候補ナンバーワンのウィルさんにアピール出来る絶好のチャンスだっていうのに。いつもは、血眼《ちまなこ》になって気を引こうとしているくせに、ウィルさんが管理課だって、忘れているのかしら。

チロリと視線を隣に走らせると、クレイが一生懸命きんちゃくと格闘している。

手を抜いたり、ズルをしたり。クレイはそんなことを一切しない。いつも全力で前向きな子だわ。

ウィルさんがなぜクレイを可愛がっているのか、彼女たちにはわからないのでしょうね。

クレイが小さな子どもだからということだけじゃないってことに。

もしクレイが男の子じゃなかったら、大穴で面白いことになっていたかもしれないわ。

クレイは弟のライオネルに比べて地味な容姿をしているることを気にしているみたいだ

けど、そんなこと全然ないのに。

それに男の子だから、そこまで容姿にこだわらなくてもいいと思うのよね。

思わず一人ニヤニヤ想像して笑っていたら、想像の中にギガゾウが割り込んできた。

あいつはクレイに懐いているものね。ウィルさんとクレイが仲良くなったら、絶対に焼きモチを焼くわよね。邪魔するに決まっているわ。ギガゾウを扱える『ファーガ商会の猛獣使い』はクレイだけだから。

ウィルさんは『正職員』で『幹部候補生』。

そして意外なことに、ギガゾウも『正職員』で『幹部候補生』。

どっちもお買い得なのよ。こうなってくると、なかなか見ごたえのある三角関係じゃない。

クレイが女の子じゃないのが、凄く残念だわ。またもニヤニヤと想像しちゃう。

「シ、シーネさん、ヤバイです。具の材料が尽きました。まだ半分にもなっていませんっ」

楽しく想像していたら、クレイからSOSが発信されたわ。それも泣き声の。

「何ですってぇっ。誰よ買い出しに行った奴は。トロ、トロか、あいつか。役に立たねぇヤツだ。〆《しめ》る、今度会ったら〆《しめ》てやる」

トロも『正職員』で『幹部候補生』だけど、私の中で株価が最安値にまで下がったわ。

どうしてくれるのよ、まだ半分は中身が入っていない状態なのに。

次に会ったら、ハイヒールで踏みつけてやる。

「ああ、もう買いに行っている暇なんかないわよ。クレイ、餃子ときんちゃくの外がわはまだ残っている？」

「はい。餃子皮ときんちゃく用のアゲは、まだまだたっぷりあります」

クレイは空のきんちゃく用のアゲを手に途方に暮れている。

私も餃子作りの手を止めて、考え込む。

どうする？　途方にくれたまま、なんとはなしに部屋に視線を泳がせる。

ここは事務所の中に作られた小さな給湯室で、職員や人足たちが食べ物を置く場所になっている。

今は、中央に置かれたテーブルの上には、出来上がった餃子やきんちゃくが並べられており、邪魔になるものは全て寄せて置かれている。

「そう……フフフ、しょうがないわねぇ」

いいことを思いついたと、私はニンマリと笑ってしまう。

だって忙しいのだもの、ちょっとブラックになっても仕方がないと思うの。

私は水置き場の横に置いてある、きんとんに視線を移す。

この美味しそうなきんとんはライト君のおばあ様の手作りだそうで、『皆さんでどうぞ』と昨日ライト君が持ってきてくれたものだ。

そういう目で辺りを見回すと、色んなものが置いてある。

多くの人足たちが、作業場に持っていけないからと弁当を置いていっているし、職員たちが置いている、おやつもある。他にも頂きもののおみやげなど、色々なものがここにはある。

食料の宝庫といえる場所だわ。

私はきんとんをスプーンですくうと、餃子皮の中に包み込んでいく。

「シ、シーネさん、それは……」

目を丸くしてクレイが私の手元を見ている。

「そうねぇ、クレイはそこにあるチョコレートを包むといいわよ」

私はニッコリと笑いながら、クレイに新しい具材を勧める。

職員がおやつにと置いていたのだろう、クレイの横の棚にはチョコレートがあった。

それもミルクチョコレートみたい。美味しそうね。

「え、でも、あの、鍋ってかつお出汁《だし》ですし……」

「そうねぇ、チョコレートはアゲよりも餃子皮の方が包みやすいと思うわ」

私は笑顔のままよ。それなのに可笑しいわねぇ、可愛い私の笑顔を見て、何だかクレイが怯えているみたいに見えるわ。きっと気のせいね。

少しの間固まっていたクレイは、おずおずと餃子の皮に手を伸ばし、無言で餃子を包み始めたの。

時間もないし、急いで残りを作らないとね。色んなものを包むから、結構楽しくなってきたわ。

『慰安の夕べ』のメニューは、『餃子・きんちゃく鍋』から『餃子・きんちゃく闇鍋』へと変更させてもらったわ。

勿論、食べ物を粗末にするような不届き者はファーガ商会にはいないはずよ。

＊＊＊

今日、クレアは朝からシーネを手伝っていた。鍋を作るために、下準備を共に行ったのだ。

鍋の準備は過酷を極めた。とても大きな鍋三つをいっぱいにしなければならなかったのだ。

なによりも、忙しさのあまり通常の可愛らしさをかなぐり捨てたシーネが凄かった。

何でだろう、背筋が凍る思いだった。

メニューも変わってしまった。みんなから責められたらどうしよう。だんだんとクレアの表情は暗くなる。

それでもなんとか鍋は完成し、『慰安の夕べ』は始まったのだが……

あまりの忙しさに最後の方は、餃子ときんちゃくの中身が何だったか覚えていない。

どんな餃子やきんちゃくが出来ているかわからない。

「えー、ファーガ商会を代表しまして、私イッツ・ファーガより一言お礼を申し上げる。皆さんの働きにより、関所の工事も目途が立ってきました。この関所の工事は長雨の影響により……」

「おーいっ、酒回せ」

「鍋、いい感じになってるぞ」

職員たちは神妙な顔で頭取の話を静聴しているが、人足たちは聞いちゃいない。

さっさと宴会が始まろうとしている。

「まったく……今日は存分に楽しんでくれっ！　以上」

イッツ頭取の挨拶が終わり、次にウィルが口を開く。

「みんなー。コップは行き渡っているかぁ、乾杯するぞぉ。今日の料理はシーネとクレイが頑張ってくれた、ありがとう。みんなも礼を言ってくれ。それでは、ファーガ商会の繁栄と、みんなの安全、健康を祈って。かんぱーいっ‼」

「「かんぱーいっ‼」」

全員がコップを高く掲げ、次に隣の人と触れ合わせる。

歓談が始まり、みんなが料理を小皿に取り……事件は起こった。

「ぐあっ、これは何だ」

「があっ、こ、これはっ」

「うわぁっ、ありえないっ‼」

悶絶する職員や人足たち。

「うふふ。たんと召し上がれぇ。食べ物を無駄にするような人はここにはいないわよねぇ」

にこやかなのに薄暗い微笑みを浮かべるシーネ。

何が彼女をそうさせたのか。勿論、彼女に苦情を言えるような強者《つわもの》はこの中にはいない。

闇鍋とはいえ、そんなに酷いものは入っていない……はず。

ただ、材料が切れて、手近にあったものを手当たり次第包んだだけだ。

本来の餃子・きんちゃくが半分。曲者《くせもの》が半分。

「があ、ミカン。ミカンだとぉ。鍋にミカンは反則だろう」

「おわっ、餡子《あんこ》、餡子《あんこ》だ。やばい、餡子《あんこ》って鍋に合う！」

「うめぇ、このきんちゃく美味いぞ」

「普通の餃子だとぉ、物足りない」

あちらこちらで、様々な声が上がる。

なんだかんだ言いながら、みながみな、箸を止めようとはしていない。

どうなることやらと暗い顔をしていたクレアだったが、やっとホッとした。

「クレイ、これ美味しいよ」

みんなとの宴会が嬉しいのか、ライオネルは楽しそうだ。

ライオネルが見せた皿に載っているのは、チョコレート入り餃子だった。餃子の皮に包まれているから、チョコレートは溶けてはいるが餃子の中に入ったままだ。

「そう、良かったね……」

かつおだしのお汁《つゆ》にチョコレート……ライオネルが喜んでいるから、まあいいか。

「おい、ギガゾウ、無理するな」

「そうだぞギガゾウ、お前は甘いもの、無理だろう」

「いや、大丈夫だ。俺はいける。坊主が作ってくれた鍋だからな。俺はいけるぞぅ」

苦しそうに背を丸めるギガゾウの周りには、数人の人足たちが集まっている。

えー、無理して食べなくていいのに。

食べ物を残すのはいけないことだが、そこまで無理しなくてもいいのでは、とクレアは思う。

最後の一口を無理に口に入れるギガゾウ。ピーマンを食べさせられている三歳児のようだ。

「やったあ、俺はやったぞぉ。坊主ぅ、俺は頑張ったからな！」

いいい、きんとん入りの餃子を食べきったギガゾウが晴れやかな顔をクレアに向ける。

「あ、それ私が作ったヤツだから」

シーネの言葉に、その場に膝をつくギガゾウだった。

和やかな食事会は、酒の回った人足の一人がその場で踊りだすと、一気に飲めや歌えや踊れやの大騒ぎの坩堝《るつぼ》と化していった。

そして、へべれけの酔っ払いたちをウィルが蹴り出すことで、『慰安の夕べ』は幕を閉じることとなったのだった。

クレアもライオネルもよく笑い、よく食べた。

生まれて初めての宴会は、とても楽しいものだった。今まで孤独な時を過ごしてきた二人にとって、心も身体も温かくなる、そんな体験だった。

◇◇◇

「営業課通訳係のクレイです」

管理課の窓口に、今週分の給料を貰いに来たのだ。毎週のことだが、窓口には給料を貰いに来た人足やアルバイトたちが列をなしているので、なかなか時間がかかる。

やっと自分の番になり、窓口に所属部署と名前を告げたのだ。

今、クレアの心臓は早鐘のように騒いでいる。

落ち着け、落ち着け。呪文のように言葉を口ずさむが、無理だ。

なぜなら、先週で試用期間が終了したのだ。

今週の給料から昇給しているはずだが、いくら昇給しているかは知らされていない。

「はい、今週もご苦労様です」

管理課のシーネが、お金受け皿に賃金を載せてくれる。

後ろがつかえているため、ここでゆっくりと給料を数える時間はない。全額を素早くポケットに入れていた巾着袋に入れて、次に待っているライオネルと代わる。

「管理課庶務係のライオネルです」

「ライオネル君、今週も頑張ったわねェ。偉いわぁ、お姉さん褒めちゃう。はい、お給料。落とさないように注意してね。そうだ、お菓子があるの。美味しいのよぉ、おひとつどうぞ」

シーネの対応がクレアとライオネルでは随分と違うような気がするが、今はそんなことを気にしている暇はない。

クレアは給料を数えたくてたまらないのだ。

給料を貰い終えたライオネルを引っ張るようにして、休憩室へと連れていく。いくつもテーブルや椅子が並んでいるが、その一番奥に座り、早速給料を確認する。

ひー、ふー、みー、よー。

どうしても前世の癖で、古臭いおばちゃんの数え方で硬貨を数えてしまう。

この世界には紙幣はない。全てが硬貨で、千ウーノが銀貨。一万ウーノが金貨となる。

他にも様々な硬貨があるが、給料で貰うのはほとんどが銀貨か金貨だ。

「うそ……時給が千二百ウーノになってる。もう、何の間違いなんだか」

計算を終え、呆然と呟く。

元々のクレアの時給は千ウーノ。いくら試用期間が終わって昇給するとはいっても、こんなに時給が上がるはずはない。百ウーノ上がってほしいと考えていたが、あれは願望だ。

せいぜい十ウーノか二十ウーノ上がれば御の字だろう。

「酷い。こんなに美味しい状況を見せておいて『はい、間違ってました～』で、お金を取り上げるだなんて、あんまりだ。たぶん千二十ウーノを間違って千二百ウーノで計算しちゃったのだろう。もぉー、うっかりさんめぇー。あーあ、このままネコババしたーい。マジでしたーい。それでも持っていかなきゃねぇ」

脱力したようにクレアはノロノロと席を立つ。

「ライ、俺は管理課に行ってくるけど、ここで待ってる？」

「え、管理課に行くの？　また、お給料貰うの？」

「うんにゃ、給料の計算違いがあったから、戻しに行くの」

「お給料戻しちゃうの？」

「戻したくないけどねぇ」

二人のやり取りを聞いていたのか、笑い声が割り込んできた。

「何だか勘違いしているみたいだね」

ウィルがクスクスと笑いながら二人に近づいてきた。

「あ、ウィルさん。お疲れ様です」

「お疲れ様です」

クレアとライオネルは頭を下げる。

「お疲れ様。クレイの給料計算は間違ってないよ。だから返しに行かなくてもいいんだよ」

「え？」

「俺がちゃんと計算したんだからね」

ウィルがクレアに向かって、笑顔のままウインクを投げかける。ウィルはそこそこくらいのイケメンなのだが、なぜか妙に様になっている。

「あの、え……でも、凄く多いです」

そういえばウィルは管理課所属だ。給料計算は管理課の仕事なので、ウィルがクレアの給料を計算したというのは本当だろう。

では、この金額は、どうしたというのだろうか。

「クレイの時給は千二百ウーノで間違いなし。ちゃんと部署会議で決まったから、心配しなくてもいいんだよ」

「え、え、せ、せん、千二百ウーノ！　そんなに頂いてもいいんですか？」

「勿論、クレイが働いた対価だから受け取っていいに決まっているよ。会議の時に提出された査定書で、セージ課長は最高評価をつけていたよ。仕事に忙殺されて、引き継ぎ一つ出来なかったのに、よく働いてくれているって。専門職扱いだけど、アルバイトだから、ここまでの給料しか出せないって、逆に恐縮していたよ」

ウィルの言葉にクレアはポカンと口を開けたままになってしまった。

え、そうなの。放置じゃなかったの。

考えてみれば通訳が全員入院してしまうという不測の事態に、所属長がのんびり出来るはずはなかった。クレアの見えない所で、どれほどの業務をこなしていたか、考えてもいなかった。

ええ人や。セージ課長はええ人やったんや。

あんまりのことにエセ関西弁になってしまうクレアだった。

「クレイ、凄いねぇ」

「そうだね、十歳でこの給料を貰うのは、本当に凄いと思うよ」

嬉しそうなライオネルにウィルが真面目な顔で相槌《あいづち》を打っている。

いや～照れるぅ。

こんな嬉しい誤算があるなんて、思ってもいなかった。

ライオネルやウィルの賛美の視線に、顔がデレデレになりそうだ。

あ、そういえば、と思い出し、ウィルの言葉を訂正する。

「俺十一歳です。十一歳になったんで」

「えっ！」

クレアの宣言に、ライオネルの顔色が変わった。

「いつっ、いつが誕生日だったの？　僕聞いてないっ。知らなかった‼」

「え、え、え、ライ落ち着いて。えっとぉ、二週間ちょい前……」

「二週間も前だなんてっ！　何で言ってくれないの。何で教えてくれないの。酷いじゃないか。僕、クレイの誕生日をお祝いしていないっ！」

胸ぐらを掴む勢いのライオネルにクレアは焦ってしまう。

何でライオネルがそんなに怒っているのかわからないのだ。

そして、ピンときた。

「あっ、なーんだ。ライ、大丈夫だよ安心して。ライの誕生日はちゃんと憶えているよ。あと一カ月だもんね。ライの誕生日には、盛大なパーティーをするからね。ケーキも作っちゃうし、プレゼントも用意するよ。楽しみにしていてねっ」

にっこり笑うクレアにライオネルは泣きそうな顔をする。

「そうじゃないよっ！　クレイの誕生日だよっ。僕だってクレイの誕生日をお祝いしたいんだよっ！　ちゃんとプレゼントも渡したいし『おめでとう』って言いたいんだっ」

「え……」

ライオネルの必死の訴えに、クレアはポカンとした顔をしてしまった。

「あー、だって俺、生まれてこの方、誕生日なんか祝ってもらったことないから……」

あの男爵家では、クレアは誕生日を祝ってもらったことなんかないし、パトリシアや他の兄弟たちの誕生パーティーに参加させてもらったこともない。

兄弟たちの誕生パーティーには、沢山の招待客が来るので、クレアは母親によって毎回部屋に押し込められていたのだ。

クレアにとって、誕生日や誕生パーティーは他人事であり、まさか自分が『してもらう側』になるなんて思ってもいなかった。前世の記憶を探してみても、誕生パーティーの思い出はない。

というか、前世では喪女だったらしいおばちゃんは、誕生日を祝ってもらったことがないのかもしれない。

前世でも今世でも、誕生日は普通の一日でしかないのだ。

＊　＊　＊

クレイの言葉を聞いて、ライオネルは悔しかった。

誕生日を祝ってもらったことがないと平気な顔で言い、当たり前だと思っているクレイのことが、悲しかった。

何で自分は気づけなかったのか。

自分は六歳までは母親に毎年誕生日を祝ってもらっていた。楽しくて嬉しかった記憶がちゃんと残っている。自分の生まれた日は、幸せな日なんだと思えていたのだ。

「する」

ライオネルはキッパリと言い切った。

「ん、どうした」

「クレイの誕生パーティーをする。するったらする。絶対するっ！」

ライオネルは宣言する。

二週間前にクレイの誕生日が過ぎていようと、それがどうしたというのだ。

まだ自分はクレイを祝ってない。

祝っていないのだから、これから祝っていいはずだ。

ライオネルはクレイに、生まれてきてくれてありがとうと伝えなければならないのだから。

そして、これから毎年、自分がクレイの誕生日を祝うのだ。

「そうだな。じゃあみんなで祝おうか」

今まで、二人のやり取りを黙って見ていたウィルが、ライオネルの頭にポンと手を乗せる。

「誕生パーティーを開こうな」

クレイの誕生パーティーの開催が決定したのだった。


今日クレイは、お家の用事がある日なので、ファーガ商会はお休みだ。

そして、そんな日はライオネルもファーガ商会には行かない。

いつもだったらお休みの日は、ガーロ爺さんのお手伝いをしている。

だが、今日だけは違う。

ガーロ爺さんに我儘《わがまま》を言って、市場に連れてきてもらっているのだ。

もうすぐクレイの誕生日会。

本当の誕生日は過ぎてしまっているが、ライオネルはまだお誕生日を祝っていない。

一週間後にみんなでクレイの誕生会をすることが決まったのだ。

だから、ライオネルにとってクレイの誕生日は一週間後。楽しみで仕方がない。

大好きなクレイの誕生日を祝えるのだ。ウィルが商会のみんなも呼んで盛大な誕生会を開くと言ってくれた。

ライオネルは、クレイに誕生プレゼントを渡したくて、ガーロ爺さんに相談した。クレイに喜んでもらいたいけれど、どんなものをプレゼントしたらいいのかわからないからだ。

ガーロ爺さんは、ライオネルがクレイにプレゼントするのなら何でも喜ぶと言ってくれたけど、それじゃ駄目だ。ちゃんと喜んでほしいのだ。

クレイの次には、ガーロ爺さんの誕生日がくる。

ちゃんとガーロ爺さんに確認をとったから間違いはない。ガーロ爺さんの誕生日も楽しみだ。ガーロ爺さんにも、ちゃんとプレゼントを渡したい。

誕生プレゼントをクレイに相談したら『肩たたき券』をあげればいいよと言ってくれた。

でも、いつもガーロ爺さんの肩を叩いたり腰を踏んだりしているから、今更『肩たたき券』でいいのだろうか？　でも、クレイが言うのだから、間違いはないのだろう。

そんなことを考えているうちに市場に着いた。

「手は絶対に離したら駄目だからな」

「うん」

市場の中では、絶対に繋いだ手を離さない。それが、ガーロ爺さんとの約束だ。

ライオネルは綺麗すぎるからどんな事件に巻き込まれるかわからない。

そう言って、クレイやガーロ爺さんは、ライオネルを絶対に一人にはしない。

大げさだなぁと、ライオネルは思うのだが、自分のことを心配してくれていると思うと何だかくすぐったい気持ちになって、嬉しくなってしまうのだ。

「あ、あのお店」

可愛らしい装飾の店を指差し、ライオネルは繋いだ手を引っ張る。

シュノット雑貨店。

女性が好むような可愛らしい小さなお店だ。

「むぅ……この店に入るのか？」

ガーロ爺さんがなぜかお店に入りたくなさそうにしている。

何でなんだろう。こんなに可愛らしいお店なのに。

グイグイと手を引っ張り、店の中へ入っていく。

ガーロ爺さんと散々話し合った結果、ライオネルはクレイの誕生日にブローチをプレゼントすることに決めたのだ。それも手作りの。

本当は、小さくてもいいから本物の宝石がついた綺麗なブローチをプレゼントしたかったのだが、ライオネルが持っているお金は少なくて、宝石付きのブローチを買うことは出来なかった。

落ち込むライオネルにガーロ爺さんは、手作りのブローチを贈った方がクレイは喜ぶよと教えてくれたのだ。

だから、ブローチの材料を探して色々な店を見て回っている。

なかなか気に入ったものがなくて、ガーロ爺さんを市場中、引っ張りまわしているのだ。

「いらっしゃいませぇっ」

ガーロ爺さんと一緒に店に入ると、元気な女性の声が出迎えてくれた。

店の中にはカラフルな小物が所狭しと置かれ、可愛らしい雰囲気を醸し出している。

ガーロ爺さんは、なぜか肩身が狭そうだ。

ライオネルは、色々なものを見て回る。

「綺麗だね、カワイイね」

ご機嫌に、お目当てのものを探す。

「おじいちゃん、あったっ！」

ライオネルは店の一角に設けられた手作りキット置き場を見つけた。小走りに近づいていく。

色とりどりのパーツが小さなテーブルの上に置かれている。

ライオネルが探しているのはブローチの土台となるピカピカの針金。それと飾りのビーズだ。

ガラスで出来たビーズは、小さな米粒のような大きさからビー玉くらいのものまで、色も形も様々なものが置いてある。ライオネルは、悩んでしまった。

「何色にするんだ？」

ガーロ爺さんが声をかけてくれた。

「んーとねぇ。茶色っ！　クレイの瞳の色がいい。クレイの瞳はとっても綺麗な茶色だから」

「そうかな？　ライオネルは、自分の瞳の色が欲しいか？　クレイは、ライオネルの瞳の紫を貰った方が喜ぶんじゃないかな」

ガーロ爺さんの言葉にライオネルは、一瞬ポカンとした顔をしたが、すぐにエヘヘと照れくさそうに笑った。

「そっかぁ、クレイは僕の瞳の色の方を喜んでくれるのかぁ。ウフフ。そうかぁ、そうかぁ」

ニコニコと嬉しそうに、ビーズを選び、小豆大《あずきだい》の紫のビーズを手に取った。

そして次に、もう一つ、黒いビーズを探し出した。

「うん？　黒いビーズも使うのかい」

「うんっ！　だって、黒はおじいちゃんの瞳の色だもの。僕とおじいちゃんの瞳の色だよ。クレイ、喜んでくれるよね」

ぐっ、尊い。

胸を押さえ、脳内でライオネルの可愛らしさに身悶えるガーロ爺さんだった。

必要なものを全部揃え、会計を済ませる。

お金が足りて良かった……ライオネルは、ホッと胸を撫で下ろした。

ライオネルは、ファーガ商会で貰ったお給料を全てクレイに渡そうと思っていた。早く茶色いビンをお金でいっぱいにして、クレイと一緒に住みたかったのだ。

だが、クレイは全部のお金を受け取ってはくれなかった。

「じゃあ、給料の半分をビンに入れていこうね。ライも、何か欲しいものがあったら、ちゃんと買ったり食べたりしていいんだからね」

そういう経緯で、ライオネルの手元に給料は残っていったのだ。

ちょっと不満なライオネルだったが、こうしてクレイのプレゼントが買えたから良かったと思えた。

また手を繋いで男爵領への帰路についた。

材料が手に入り、ライオネルはご機嫌だ。

「あのね、あのね、おじいちゃんにだけ教えてあげる」

ガーロ爺さんに、ちょっと赤い顔をしたライオネルが話しかける。

「ほう、何だい」

「絶対、ぜーったい、誰にも言っちゃ駄目だよ。約束だよ」

恥ずかしいのか俯き加減で、それでもチラチラとガーロ爺さんへ視線を寄こす。

「わかった。約束しよう」

「うん、約束だよ。あのね、えっとね、えへへへ。僕ねぇ、大きくなったらクレイに、お嫁さんになってもらうんだぁ」

「そ、そうか」

もじもじと、でも嬉しそうに話すライオネル。

「クレイには言ったのかい？」

「ダメ。まだ秘密だよ。あのね、僕が大きくなって、ファーガ商会のセイショクインになって、コーキュートリになってからクレイに言うの。おじいちゃんも言っちゃ駄目だからね」

大真面目な顔のライオネルに、笑いたいのをなんとか堪えてガーロ爺さんも真面目な顔を作る。

ファーガ商会の正職員や高給取りなどの言葉を誰がライオネルに教えたのだろうか？

ガーロ爺さんは頭を捻《ひね》る。

「シーネさんが結婚の条件って言っていたんだよ。僕、早くセイショクインとコーキュートリになって、クレイにプロポーズするんだ」

ブローチの材料を大切そうに抱えたライオネルは、幸せそうに微笑む。

「そうか。じゃあ、じいちゃんも応援するよ」

「うんっ」

元気に返事をするライオネル。

それからのライオネルは、クレイのどこが好きなのか、どこがカッコイイのかを延々と喋り続け、ガーロ爺さんは、微笑みながら、言葉少なに返事をした。

二人はしっかりと手を繋いで、男爵領の小屋へと帰っていったのだった。我が家《わがや》

＊　＊　＊

クレアの誕生パーティーは、ファーガ商会の休憩室で行われた。

休憩室は、張り切るライオネルを筆頭に、ウィルやライトたちによって色とりどりの装飾品を使って商会の公共の場所とは思えないほどに飾り付けられており、立派なパーティー会場になっていた。

なんと、『クレイ、誕生日おめでとう』と、プレートまで壁に貼られていたのだ。

「勤務時間中にこんなことをしてもいいんですか？」

戸惑うクレアの問いに、『福利厚生』と澄まして答えるウィルだった。

そして、サプライズは続く。

管理課のシーネがケーキを焼いてきてくれたのだ。

「クレイ、ロウソクを消してっ」

ライオネルに促《うなが》されて、クレアはケーキの上の十一本のローソクに息を吹きかける。

ローソクが消えた瞬間、みんなが拍手をして祝ってくれた。

生まれて初めての体験が嬉しくてたまらない。

セージ課長を筆頭に、食中毒から復活した通訳係のみんなからは、羽ペンとインクのセットがプレゼントとして贈られた。

「これからも期待しているぞ」

「仕事頑張ろーなー」

通訳たちの言葉に、クレアの顔は少し引きつっていたが、ありがたく受け取った。

ウィルとライトからは、金鷲亭《きんわしてい》のペアお食事券をプレゼントされた。クレアも喜んだが、ライオネルも大喜びしていた。

食事券の裏側には『限界に挑戦しないこと』と、一筆書き添えてあった。

何のことだかわからない……ことにしておく。

「クレイ……おじいちゃんと一緒に作ったんだ」

もじもじと赤い顔のライオネルが、小さな包みを両掌に載せ、クレアに差し出してきた。

「えっ、ライもプレゼントを用意してくれたの？　嬉しいっ、ありがとう！」

ライオネルはクレアがどんなに止めても、給料のほとんどを茶色のビンに入れようとする。いくら二人で頑張ってお金を貯めようと言ったとしても、自分が貰った給料は少しは自分が好きなことに使ってほしい。買い食いしたり、おもちゃを買ったり、自由に使ってほしいのだ。

そんな風に思っていたのに……ライオネルは大事なお給料を使って、クレアの誕生日プレゼントを買ってくれたのだ。

クレアは受け取った包みを開けていく。

中からは、紫と黒いビーズのついたブローチが現れた。

一目で手作りとわかる。針金を曲げた台座の上に二個のガラスのビーズが載っているだけのものだ。

ビーズも決して大きいものではない。

それでも……

キラキラと光るビーズは、ライオネルの瞳の紫とガーロ爺さんの瞳の黒だ。

生まれて初めて貰った手作りの品は、とても温かいものだった。クレアは、思わず嬉し泣きをしそうになってしまった。

クレアに宝物が出来たのだ。

「坊主たちーっ、楽しんでいるかーっ」

どこから聞きつけたのか、ギガゾウを筆頭に、大人数の人足たちが休憩室になだれ込んできた。

「「「誕生日おめでとー」」」

口々にお祝いを述べる人足たちは、大量のお菓子をクレアにプレゼントしてくれた。

「ぼ、坊主ぅ、こ、これプレゼントだ」

ギガゾウが頭の天辺まで赤くなりながら、リボンが結ばれた包みを差し出してきた。

何だかずっしりと重いし、固い。

「あ、ありがとう」

素直に受け取ったクレアはみんなの前で、包みを開ける。

「くま……？」

鮭を銜《くわ》えた木彫りのクマの人形だった。

（子どものプレゼントに木彫りのクマは……）

（どこに売っていたんだよ……）

（凄く懐かしいんですけど……）

（これって、置物？　どこに置くの？）

みんなの心の中を、様々な思いが駆け巡ったが、誰一人口を開く者はいなかった。

クレアも色々なことを考えたけれど、ありがたく受け取った。

途中、誰かが（人足というのはわかっている）酒を持ち込んだことにより、誕生パーティーとは思えないほどのどんちゃん騒ぎになっていった。

例のごとく、ウィルに酔っ払いたちが足蹴りで追い出され、誕生パーティーはお開きになったのだった。

　クレアの生まれて初めての誕生パーティーはみんなに囲まれてとても楽しいものだった。お腹が痛くなるまで笑ったし、喉が痛くなるまで騒いだ。嬉しくて楽しくて、幸せな幸せなものだった。


「この頃お姉さまは、いつもいらっしゃらないのね」

　誕生パーティーのことを思い出しニヤニヤしていたクレアは、パトリシアの声で現実に引き戻された。

　今日は家庭教師が来る日で、クレアは家にいなければならない。

　ファーガ商会のアルバイトはお休みだ。

　週に二日の勉強の日は、クレアにとっては苦痛の日だ。

　どちらかと言えばクレアは勉強すること自体は好きなのだが、パトリシアの好みによって選ばれた家庭教師たちは、パトリシアの可愛らしさや男爵夫人の美しさを褒め称えるだけがお仕事のようで、勉強はちっとも進まない。

こんな勉強しなくてもいいんじゃない？　とクレアは思ってしまう。

「庭に素敵な場所を見つけたの。読書をするのに最適だから、いつもそこにいるのよ」

パトリシアに適当に〝うそ〟をつく。

今までのクレアだったら、両親に可愛がられ兄弟と仲の良いパトリシアに嫉妬して、嫌味を言ったり、喧嘩腰だったりしていたが、前世を思い出した今、もうそんなことはしない。

そんな感情をパトリシアに持たなくなったのだ。

パトリシアに自分から構うことはない。パトリシアに関わらない。それがクレアの今の心境だ。

パトリシアはただの子どもだから。

我儘《わがまま》な、甘やかされた子ども。相手にしたら馬鹿らしいだけだ。関わりたくない。

「ふん、お庭で過ごさなければならないなんて、お姉さまって可哀そう。私を見てくださいな。このドレスは昨日届いたばかりなんですのよ」

パトリシアは、クレアの前でクルリと一回転してみせる。

フワフワフリフリのドレスを身に纏《まと》ったパトリシアは、妖精のように可愛らしい。

おばちゃんの心を思い出した今、パトリシアのことは素直に可愛らしいと思える。

大人の心すげーなと感心する一方で、『可愛いのは外見だけだな』と考えてしまう所が、まだまだ修行が足りないな、と思うクレアだった。

「そう、それは良かったわね」

適当に相槌《あいづち》を打ちながら、家庭教師を待つ。さっさと勉強の時間を終わらせたい。

夕飯までの少しの間でもライオネルの所に行けるなら、顔だけでも見たい。

クレアが男爵家で家庭教師から勉強を習わなければならない日は、ライオネルはファーガ商会には行かないで、ガーロ爺さんの手伝いをしている。

男爵家の庭師をしているガーロ爺さんの後ろをチョコマカとついて回り、一生懸命お手伝いをするのだ。同じ男爵家で働く他の使用人たちからすれば、いつの間にかにガーロ爺さんの所に『孫』が来た、という感じだ。

なんせガーロ爺さんは、毎日夕方にはライオネルを男爵家の使用人用の共同風呂に連れていき、一緒にお風呂に入っているし、使用人棟の共同井戸で洗濯もしている。

使用人が、世間話としてライオネルのことを聞くと、『自分の孫』だと公言し、自慢しまくりーの、褒めまくりーので話が終わらずに嫌がられているらしい。

ライオネルに関してだけは、あの寡黙《かもく》でロクに相槌《あいづち》も打たないガーロ爺さんが、まるで別人のように饒舌《じょうぜつ》になる。

今すぐにでもガーロ爺さんとライオネルに会いに行きたいが、グッと我慢だ。

授業が早く終わることだけをクレアは待っている。

＊＊＊

「私を見てくださいな。このドレスは昨日届いたばかりなんですのよ」

ハートレイ男爵家の長男グレイシスが廊下を歩いていると、妹パトリシアの可愛らしい声が聞こえてきた。

勉強部屋のドアが少し開いているので、その中から聞こえてきたようだ。

中では、パトリシアがクルリと回転してみせている。ドレスのスカートがフワリと揺れて、まるで花の妖精のように愛らしい。

その横にはクレアが座っている。

二人で家庭教師が来るのを待っているのだろう。

二人の妹たちは、似ていない。

外見にしろ内面にしろ、まるで正反対だ。

下の妹であるパトリシアは、みんなまでを明るくする溌剌《はつらつ》とした気性で、どこまでも素直で正直だ。そんな美しい心を持つ妹だからこそなのか、容姿もそれに見合うほど整っている。

ハニーピンクの艶《つや》やかな髪に、いつも煌《きら》めいている緑がかった濃いブルーの瞳。肌はまるで陶器の人形のようにすべらかだ。

今日は髪に可愛らしいレースのリボンを結び、淡い黄色のドレスを着ている。フンワリとしたスカートは広がっており、まるで天使のように無垢《むく》な可愛らしさがある。

上の妹であるクレアは、周囲の人間がイラつくほどに、いつも陰鬱《いんうつ》な雰囲気を漂わせている。

実の妹であるパトリシアに対しても、嫉妬してなのか、ヒステリーを起こして喚《わめ》き散らす。自分たちが注意していないと、いつ殴りかかるかわからない。

本当にどうしようもないヤツなのだ。

顔の作りは地味で、美しい母上に似た所はあまりない。父上似といえるだろう。そんな容姿をしているのに、外見を気にかけようともしない。

肩甲骨辺りまで伸ばした茶色い髪を、無造作に後ろで一つに結び、ドレスも灰色で飾り一つついていないものを着ている。なぜこんなドレスを選ぶのか。もっとましなものがあるだろうに。

「そう、それは良かったわね」

パトリシアに向けたクレアの口調はぞんざいではないが、少しも心がこもっていないことが、すぐにわかるものだった。

グレイシスは、『おや』と思う。

クレアが冷静な、落ち着いた対応をしているのだ。

いつもだったら、キーキーとヒステリーを起こすか、パトリシアに殴りかかろうとしているのに。

興味を持ったグレイシスは、そのまま部屋には入らず、話の成り行きを見守ることにした。

もしクレアがパトリシアに害をなそうとすれば、すぐに止められる距離にいるので大丈夫だろう。

「ウフフフ。お姉さまったら、羨ましいのね。いっつもお姉さまは、私を妬んでばかりですもの。でも、このドレスは明るい色ですから、お姉さまには似合わないと思いますわよ。それにデザインもこんなに可愛らしいんですもの」

パトリシアは無邪気にスカートを片手で少し持ち上げてみせる。

「着たことがないからわからないけれど、そうかもしれないわね」

パトリシアのどこか煽《あお》るような言葉にも、クレアの対応は冷静なままだ。

パトリシアの方を見ようともしないで、ボンヤリと窓の外を見ている。

「お姉さまはいつもそうね。私にイジワルばかりするの。私が話しかけても無視するし、私に嫉妬ばかり。そんなに綺麗なドレスを着ている私が気にくわないのね。私、とても辛いのですわ」

なぜだかパトリシアは苛立っているようだった。

扉の外で二人のやり取りを聞いていたグレイシスは少し違和感を覚える。

パトリシアはいつもこんな話し方をしていただろうか？

いつもは優しく思いやりのあるパトリシアなのに、言葉に険があるように感じたのだ。

「パトリシア。あなたが何に辛さを感じているのかはわからないけれど、もういいかしら。私は勉強の予習がしたいのだけど」

「酷いっ！　お姉さまったら、どれだけ私を虐《しいた》げれば気が済むの。どうしてそんな酷いことが出来るの？　いつも嫉妬ばっかりして。ご自分がドブネズミのような格好をしているからといって、なぜ私を羨むの。まあ、お姉さまは、嫉妬深いからしょうがないのかもしれないですわね。ウフフフ、そんなお姉さまには、ドブネズミの格好が、一番お似合いだと思いますわよ」

パトリシアはクレアに向かってクスクスと笑う。

パトリシアの美しい顔は、醜い言葉と同じように、歪《ゆが》んでいた。

ドアの外でグレイシスは驚きを隠せずにいた。

今のパトリシアは、自分の知っているパトリシアではない。

どういうことだ？　グレイシスは、パトリシアの態度に、初めて違和感を抱いた。

「パトリシア、あなたは気づいているかしら。あなたと私の話は少しも噛み合っていないわ。それに私がドブネズミのような格好を好んでしていると思っているのなら間違いだわ。このドレスは子どもの私が好んで着るようなものではないでしょう」

クレアの、大きくはないけれど良く通る声は、ドアの外にいるグレイシスにもハッキリと聞こえた。

グレイシスは思い出す。

以前、家族みんなで笑って話していたのだ。

なぜクレアはあんな地味で野暮《やぼ》ったい格好を好むのかと。きっと自分の顔と外見に合わせているのだと……

みんなで笑っていたのだ。父も母も笑っていた。

どういうことだ？

クレアの話ぶりは、自分で選んだのではないような言い方だ。まるでそれしか選択肢がなかったかのように聞こえるではないか……

グレイシスは混乱するが、なんとか気持ちを持ちなおす。

今までのクレアを思い出して。

あのヒステリーで我儘《わがまま》だった妹の言葉を、そんなに簡単には信じられないと。

「あなたと私の待遇の違いには、勿論気づいているでしょう。パトリシアは、お父様やお母様にお願いすれば、綺麗なドレスやアクセサリーをすぐに買ってもらうことが出来る。でも私には、ドレスもアクセサリーも与えてくれる人はいないの。ドレスだって、これしかないから着ているだけよ。私は自分が選んだドレスなんか、生まれてこの方、着たことはないわ」

クレアは淡々と話している。まるで真実だけを述べているように。

クレアの話は、グレイシスの心に、様々な疑問を浮き上がらせた。

今まで考えたこともなかったことを。

クレアは自ら好んで地味な格好をしていると思っていた。

まさか、違うのだろうか？

しかし、思い出してみると、父や母がクレアに何かを与えているのを見たことはない。

いつも叱っているか、無視しているか。

一方パトリシアは、彼女が望むままに様々なものを買い与えられている……

「そんな回りくどいことばっかりおっしゃって、何が言いたいのか全然わかりませんわ。すぐ、お姉さまは人を馬鹿にしたような話し方ばかりされて、だから嫌われますのよ」

パトリシアは美しい瞳から、大粒の涙を一つポロリとこぼした。

そしてグレイシスは、その光景を呆然と眺めていたのだった。

＊　＊　＊

ああ、いつものパターンが始まった。クレアはウンザリする。

この状態でパトリシアは侍女や従僕を呼ぶのだ。

か弱い妹を虐《いじ》める姉と、姉の虐《いじ》めに耐える健気な妹。

侍女や従僕たちはパトリシアの味方であり、パトリシアの言い分しか聞かない。初めからクレアは罪人なのだ。

そして次には両親や兄が出てくる。

そこからは泣いて喚《わめ》いて、クレアが自分の部屋へと逃げ帰るまで断罪が続くのだ。

うんざりだ。

「誰かっ、誰かいないの」

パトリシアは涙を流しながら、ニヤニヤ笑うという器用なことをしつつ声を上げる。

前世を思い出してから、クレアはパトリシアと関わろうとは思わない。

家族の誰かに自分をわかってもらおうとも思わない。

だって、クレアには本当の家族であるライオネルがいるから。ガーロ爺さんがいるから。ファーガ商会のみんながいるから。

今まで孤独で冷たかった胸の真ん中が、ライオネルのことや、みんなのことを思うと、温かくなっていくのだ。

もう泣き喚《わめ》かなくていいし、癇癪《かんしゃく》も起こさなくていい。

それでも、さっさと部屋に帰るため、今までのように泣き喚《わめ》きますかねぇ。

それが一番早く部屋へと帰れる方法だから。クレアは女優。自分に言い聞かせる。

「パトリシア」

「グレイシスお兄さまっ！　助けてくださいませ。クレアお姉さまが、いきなり私に掴みかかろうとするのです。とても、とても恐ろしくて」

部屋へ入ってきたグレイシスにパトリシアは縋《すが》るように近づく。

そっと上着の裾を握りしめ、ハラハラと涙を流すパトリシア。か弱く震える姿は、まるで雪の精霊のように儚《はかな》げだ。

いやはや、すげーな。向こうの方が上手だったわ。脱帽脱帽《だつぼうだつぼう》。

クレアはパトリシアに対して、素直に負けを認める。

おばちゃんの経験はあるけど、女子力はないわー。いや、元々なかったか。

「パトリシア。向こうへ行こうか」

「え？」

グレイシスは、そっとパトリシアの肩を抱き、部屋から連れ出そうとする。

今から断罪劇が始まるとニヤニヤしていたパトリシアは、驚きの声を上げた。

「どういうことですの。クレアお姉さまを置いて部屋を出るだなんて。まるで私が悪いことをしたかのようですわ」

「私は今、少し混乱しているのだ。考える時間が欲しい。悪いがパトリシア、今は引いてくれ。さあ、あちらに行こう」

グレイシスは、パトリシアの肩に置いた手に力を込め、部屋の外へ促《うなが》す。

「いやですわ！　酷いわグレイシスお兄さま。お兄さまはクレアお姉さまの味方なのね。クレアお姉さまに私が酷いことをされてもいいとおっしゃるのね」

駄々をこねるパトリシア。

パトリシアの声につられて、侍女が部屋の外から中を窺っているが、グレイシスが片手を上げて、中に入ってくるのを止める。

「さあ、行こう。それにクレアはパトリシアに殴りかかろうとはしていなかったじゃないか」

グレイシスの言葉に、パトリシアは目を丸くする。

いつもの対応と違う兄を見て、クレアもポカンと口を開ける。

「私には時間が必要なんだ」

グレイシスは、クレアに一言そう言い残し、駄々をこね、喚《わめ》いているパトリシアを連れて部屋を出ていってしまった。

兄ちゃんどうした？　いつもと対応が違うぞ。

いつもだったら、問答無用でクレアを怒鳴りつけているのに。

まあ、面倒くさいパトリシアを連れていってくれたのはありがたいけど。

時間が必要？　何のことだかわかりませんが。

頭を捻《ひね》るクレアだった。

◇　◇　◇

クレアは今日もなぜか現場に来ている。

入院していた通訳たちは全員が退院し、現場復帰しているのだが、今までのツケを払わされているのか、仕事はギュウギュウだ。

あっちの手もこっちの手も足りない。おかげでクレアも大忙しだ。

本日の仕事は復旧作業が終了した関所の北側、山肌部分の完了報告書の作成だ。実際に山肌部分の場所を視察して、完了報告書を作成していく。

クレアはもう何度か現場に来ているので、通訳の仕事にも大分慣れてきた。作業もスムーズに進んでいっている。

ただ、作業の立会いのたびに不思議に思うのだが、なぜだかワーカリッツ国の人たちはみんな、少年の姿をした自分を女の子扱いするのだ。

「皆さん勘違いなさっていますわ。私は男の子ですのよ」

クレアはワーカリッツ語で訂正するのだが、みながみな、もごもごと言葉を濁すだけだ。

頭を捻《ひね》るクレアだった。

午前中の作業はサクサク完了した。少し早いがお昼休憩となった。

さて、どうしたものか。

クレアは昼食の用意をしてこなかった。なんせ、今日はいきなり現場に連れてこられたから、お昼ご飯を用意出来なかったのだ。

いきなり現場へと引っ張ってきた現場監督のオットから奪い取ってやろうかと思う。

「おーい、坊主ぅーっ‼」

この野太い声は……声がする方へ顔を向けると、ギガゾウが手を振りながらこちらに突進してきた。

怖い怖い怖い。

いや、慣れないから。慣れるはずないから。凶悪顔に慣れるわけないいじゃないか。

思わず逃げようとしてしまうクレアだった（踏みとどまったけど）。

「坊主も現場だったのかぁ。一生懸命働いていて偉いなぁ」

少し赤い顔をしたギガゾウは、顔を傾げて〝きゅるん〟として見せる。

十人は人を撲殺してきたような顔をしているくせに、何でだ。

何で今〝きゅるん〟顔をしているんだ？

「あのなぁ、俺と一緒に昼飯を食わないかぁ」

〝きゅるん〟に〝もじもじ〟が加わった。

いや可愛くないし。それどころか凶悪顔に凄味が増して、今から大量殺人を犯しそうな雰囲気だし。

だがまぁ、渡りに船ではある。

「お昼ご飯奢ってくれるなら一緒に食べてもいいよ」

「ホントかっ！」

ギガゾウの顔がパアァァッと明るくなる。

うん。脱獄に成功した死刑囚みたいな顔はやめようか。

「勿論だ、勿論奢るぞぉ。何がいい。何でも好きなものを頼んでいいからな。そうだ、今日は肉飯屋が来ているはずだ。あそこの『スペシャル肉弁当』がいいなっ。よぉしっ、買ってきてやるからな。待ってろ！」

クレアの意見も聞かずに、ギガゾウは走っていってしまった。

この現場には多くの人足たちや工事関係者がいるので、弁当売りが何人も来て商売をしている。

その中で一番の人気は肉飯屋が売っている、肉の混ぜ飯の上に焼肉を載せた『特製肉飯弁当』だ。

そのランクが一番上の『スペシャル肉弁当』をギガゾウは買うと言って走っていってしまったわけだが、いくら肉好きのクレアにしたって、胸やけしそうなメニューだ。

「ほーら、やっぱりギガゾウは貢君《みつぐくん》になったじゃんよぉ」

「やっぱりなぁ、わかっていたんだよ。ギガゾウは本物《ものほん》のパシリ体質だってな」

「もうこのままいくとマンションとかダイヤの指輪とか貢いじゃうんじゃないか」

「「「ありえるー」」」

ギャハハハハッ‼

ギガゾウと共にクレアの所にやってきていた人足たちが好き勝手なことを言って大笑いしている。

「そこっ、煩《うるさ》いぞっ！」

思わず怒鳴るクレアだった。

ギガゾウと愉快な人足たちと共に、関所北側の日陰になっている場所で昼食を取る。

肉の上に肉が載った弁当は、食べごたえがありすぎて、ちびっ子クレアには荷が重すぎた。

しかし、クレアはだてに貧乏人をやっているわけではない。肉を残すなどもってのほかだ。

貧乏人のプライドが許さない。なんとか口に詰め込んでいく。

「うぷ」

いくら貧乏のプロフェッショナルとはいえ、人間誰しも限界はある。

先ほどから箸は止まってしまっている。

しかし、弁当は半分以上残っている。

どうする？　弁当箱を膝の上に載せ、クレアは苦悩する。

そんなクレアの苦労を知らず、隣ではギガゾウがニコニコ顔だ。テンション高くクレアに話しかけてくるが、クレアは生返事しか返していない。

今返事をしたら、口から肉が出てきそうだ。

「ここの現場もそろそろ終わりだよな」

「そうだな、ここは長かったから、何だか寂しいな」

「だよなぁ」

人足たちが頷き合っている。

「ここ終わっちゃうんですか？」

人足たちの話が耳に入ったクレアは、弁当から顔を上げる。

「ああ、やっと終わりだぞ。なんやかやあったけどなぁ。坊主の仕事も完了報告書や納期確認書やらの終了関係が多くなってきただろう」

ギガゾウが答える。

「そっかぁ、終わっちゃうのか」

初めての現場だということもあり、感慨深い。

「あ、終わるからって、坊主と会わなくなるわけじゃないぞ。次の現場でも会えるし、商会では毎日会えるからな。毎日会えるから、心配しなくていいからなっ」

クレアが寂しそうにしているのを見て、なぜか焦って言い募るギガゾウ。

「そっ、そうだ。肉を食え、肉を。おじちゃんの肉をやるからな。いっぱい食べろ」

何を思ったのかギガゾウは、自分の『スペシャル肉弁当』の肉を箸で掴むと、クレアの弁当箱に移そうとする。

「いらないっ、いらないっ。無理。絶対ムリ、もう入らないっ！」

慌てて弁当の蓋を被せて防御するクレア。

これ以上弁当の量を増やされたら、マジでリバースしてしまいそうだ。

◇　◇　◇

「神社のお祭り？」

クレアは目の前の人物を見ながら疑問を口にする。

でかい身体。厳つい顔。スキンヘッド。朝から人を惨殺してきたような迫力のある濃い顔だ。鼻も高いし彫《ほり》も深い。

どう見ても日本人には見えない。

「だからよ、近くの八幡様でお祭りがあるんだ。一緒に行こうぜぇ」

ギガゾウは機嫌よく、クレアとライオネルを誘ってくる。

八幡様って……この世界どうなってんだ？　つくづく不思議だ。

「お祭り？　お祭りって、僕行ったことない！」

「でも仕事が……」

クレアの隣で目をキラキラさせているライオネルには悪いと思うのだが、仕事中だ。

関所の工事は大分目途が立ってきて、クレアも現場に駆り出される日が少なくはなってきた。

しかし、アルバイトとはいえ、ちゃんとお給料を貰っている身。

勤務時間中に遊びに行ってはいけないだろう。

ポン。

クレアの頭に誰かの手が乗った。

「ウィルさん」

頭の手はそのままに、クレアはその人を仰ぎ見る。

「ライオネル、お祭りに行きたいか？」

「うんっ。行きたい。行ってみたい！」

ウィルの言葉にライオネルが元気に答えている。

「そうか、じゃあみんなで行こうか」

「やったぁーーっ」

ライオネルが飛び跳ねて喜ぶ。

「ウィルさん、仕事は……」

クレアが聞くと、ウィルは頭に乗せた手をポンポンと軽く動かす。

「クレイが仕事を頑張ってくれているから、有休がついたよ。ライオネルは残念だけど有休はないんだ。だけど一緒にお祭りに行こうな」

クレアは頭取室にいるであろう、イッツ・ファーガ頭取に向かって、手を合わせるのだった。

働かないのにお金が貰えるなんて、ファーガ商会最高。頭取は神様。

有休。有給休暇。なんて素敵な制度。

嬉しそうなライオネルの隣で、クレアはウィルの言葉を噛みしめる。

「有休……」

「行くーっ」


ファーガ商会から歩いて十分ほどの場所に八幡神社はあった。

小さい神社だが、お祭りは盛況のようで、結構にぎわっている。

屋台や出店が所狭しと軒を並べているし、人出も多い。

「すごいねー、すごいねー」

右手をクレア。左手をウィルに繋がれたライオネルがスキップしながらの大喜びだ。

「いい、ライ。お小遣いは五百ウーノぽっきり。キチンと考えて使うんだよ」

「うん。わかってる。絶対無駄遣いしないよ」

ライオネルは首から下げたサイフ代わりの小さな布製の巾着を握りしめて、真剣な表情をする。

巾着の中には、五百ウーノ硬貨が一枚入っている。

クレアが昇給したとはいえ、やはり生活は苦しい。茶色のビンの貯金もなかなか貯まらない。

それでも、せっかくお祭りに来ているのだ。ライオネルには楽しんでほしい。

ライオネルは、給料の半分は自由に出来るお金があるのだが、クレアの誕生日プレゼントを買ったので、今手元にお金はないのだ。

だから、二人でお小遣いの金額を決めた。

二人は神社までの道すがら、何を買おうか、何に使おうかとワクワクしながら話し合った。

「坊主たちぃ。いいか、おじちゃんに言うんだぞぅ。何でも好きなものを買ってやるからな」

ギガゾウがクレアとライオネルに向かい、笑顔を向ける。大分慣れたとはいえ、まだビビらずにはいられない。

ギガゾウのテンションは止まらない。うなぎ登りのままだ。目についた屋台のものを全て買って、二人に渡そうとするのだ。

「落ち着けギガゾウ」

「ギガゾウ、そんなに買わなくてもいいよ。食べきれないよ」

「わーい、ギガゾウありがとー」

ウィルに怒られ、クレアに諌《いさ》められているが、聞いちゃいない。

今もライオネルにリンゴ飴を渡している。

「ほーら、次は何がいい？　あっちにはイカ焼きがあるぞ。おぉっ、ライオネル見てみろ、金魚すくいがある。やってみようぜぇ」

「だから落ち着け」

今にも走り出しそうなギガゾウをウィルが首根っこを掴んで止めている。

気が付くと、クレアもライオネルも両手に持ちきれないほどのものをギガゾウから受け取っている。

クレアもライオネルも小遣いを使う暇がない。

「ほーら、だから言っただろう。ギガゾウは止まらないんだよ。貢君《みつぐくん》体質の本領発揮だな」

「まったくだ。このままいったら、貢ぐために退職金の前借りをして、会社をクビになるんじゃないか」

「言えてるー。もうすぐしたらよう、『サラキン』とか『闇金』とかにまで、手を出しちまうんじゃないか」

「「ありえるー」」

ギャハハハハッ‼

ギガゾウと共に祭りに来ている人足たちが好き勝手なことを言って大笑いしている。

「そこっ、煩《うるさ》いぞっ！」

思わず怒鳴るクレアだった。

「あら、あれお化け屋敷じゃない？　ねえ、行ってみましょうよ」

シーネが本道から少し離れた所にあるテントを指差す。

大きなテントの周りには、おどろおどろしい看板がいくつも立っている。

『血塗られた呪いの館』……ありふれた名前のお化け屋敷のようだ。

今までテンションアゲアゲだったギガゾウが、ピタリと止まる。

「おもしろそうじゃんかよぉ」

「おお、いいなぁ、俺の雄姿を見せてやるぜ！」

「へっ、おしっこチビるんじゃねーぞー」

人足たちもお化け屋敷の方へ足を向ける。

「クレイどうする」

「面白そうですね、行きたいです」

ウィルに聞かれてクレアも頷く。

「お、お、俺はよぅ。ほらあれだ、あれ。あれなんだ」

青い顔をして、なぜか焦っているギガゾウ。ワタワタと挙動不審だ。

「えーやだぁ、ギガゾウお化け屋敷怖いのぉ。その顔でぇ、まさかねぇぇ」

シーネが何気に失礼なことを言っている。

「こ、こ、こ、怖いことなんかないからよぅ。ただ、あれなんだ、あれ、あれなんだ」

必死に言い募るギガゾウ。

「あー、そうだな。ギガゾウはここに置いて、みんなで行くか」

ウィルの言葉にみんなが頷こうとした時。

「僕も残る」

ライオネルがクレアの手を離し、ギガゾウのもとへと走っていく。

「ライも苦手だった？　じゃあ、お化け屋敷はやめようか」

「ううん違う。僕、ギガゾウといるの。クレイはお化け屋敷に行ってきて。ね、ギガゾウ。僕と一緒にいるよね」

クレアの言葉に頭を振って、ライオネルはギガゾウを仰ぎ見る。ギガゾウとしては渡りに船だ。

「おう、ライオネルと一緒だぞぅ」

今までの挙動不審が一気に直る。

「本当に行かないの？　苦手なら、違う所に行ってもいいんだよ」

「ううん。クレイは行ってきて、ここでギガゾウと待ってるからっ！」

「そ、そう。わかった」

ライオネルのあまりにも強い言葉にクレアは仕方なく頷く。

ギガゾウとライオネルを残し、クレアたちはお化け屋敷へと向かった。

＊　＊　＊

みんなをお化け屋敷へと見送った後、ライオネルとギガゾウは周りの屋台を物色していた。

お化け屋敷へと行かなくてよくなったギガゾウは、またテンションが上がってきているようだ。

「ライオネル。向こうに焼きとうもろこしがあったぞぅ。食べるか？」

「ギガゾウ、僕聞きたいことがあるの」

「ん、どうした？」

ライオネルはギガゾウへと向き直る。今から、とても大事なことを聞かなければならないのだ。

「ギガゾウはクレイのこと好き？」

ライオネルの瞳は真剣だ。ギガゾウから視線を離さない。

「おうっ。大好きだぞぅ」

ギガゾウは、条件反射のように答えた後、慌ててつぎ足す。

「勿論、ライオネルのことも大好きだぞぅ」

ギガゾウの返事にライオネルはぷくっと頬を膨らませる。

ライオネルはシーネから聞いたのだ。

ギガゾウは『セイショクイン』で『コーキュウトリ』だと。

その上、真面目で仕事もそこそこ出来るらしい。シーネは褒めていた。優しいから、いいお婿さんになるだろうと。

クレイとギガゾウは仲が良い。

ギガゾウがクレイに貢いでいるだけだと人足たちは笑って言っていたが、クレイもなんだかんだと言ってギガゾウに付き合っている。

「僕の方がっ。僕の方がギガゾウより、いっぱいクレイのこと好きだもんっ！」

ライオネルの言葉にギガゾウは目を見開く。そして、微笑んだ。

ライオネルがどうしてお化け屋敷に行かず、自分と残ったのかがわかったのだ。

ライオネルは、ギガゾウと仲良くするクレイを見て、兄を取られるような気がしたのだろう。

ギガゾウは微笑ましい気持ちになると共に、ほんのちょっと意地悪な気持ちになった。

ライオネルをちょっとだけ、じらしてやろうと。

ライオネルがあまりに可愛くて、そんな気持ちになってしまったのだ。

「ライオネルより俺の方がクレイのこと好きだと思うぞぅ」

「違うもんっ。ぜったい違うもんっ。僕の方がクレイのこと好きだもん」

必死で言い募るライオネルにギガゾウの笑みは深くなる。

まるで今の今まで、何人もの人を殺《あや》めてきた残虐な殺人犯のような表情だ。

「僕はクレイのこと大好きなんだから。大きくなったらクレイのことをお嫁さんにするって決めているんだからっ」

ライオネルの言葉に凍り付くギガゾウ。

「え、クレイを……およ、め、さん？」

あああ、ギガゾウは頭を抱えた。

ライオネルはまだ小さいから兄弟は結婚出来ないことを知らないのだ。

ましてや男同士では結婚出来ないなど思ってもいないのだろう。

どうする？　どうする？　教えるか？　教えるべきか？

駄目だ駄目だっ！

ギガゾウは考える。自分は言葉の選び方が下手だ。気が利かないのだ。

小さなライオネルの心を傷つけてしまうかもしれない。純真なライオネルの心を傷つけないよう伝えるには、どうすればいいんだ。

やはりウィルあたりに言ってもらった方がいいのかもしれない。

苦悩するギガゾウのことなどお構いなしにライオネルは続ける。

「ギガゾウが『セイショクイン』で『コーキュウトリ』でも、僕は負けないよ！　僕も絶対なるんだから。あと少し大きくなったら、絶対なるんだもん。そして、そして、クレイに綺麗なドレスを着てもらって、結婚式をするんだぁ」

最後の方は顔を赤らめ、大声になっている。

元々が美童のライオネルのその姿は、神々しいほどの可愛らしさがあった。

しかし、今のギガゾウには、その姿は目に入らない。あることを思い出し、固まってたのだ。

もしかして……もしかしてだが、先日の現場で、ワーカリッツ国の技師や通訳たちがクレイのことを『あんなに小さいのに「乙女」だなんてなぁ』と言っていたのだ。

何を言ってやがると、とりあえず殴っておいたのだが……

まさか、まさか、まさか。真実なのか⁉

「ねーねーギガゾウ聞いてるの？　僕は大きくなったら『ジュウヤク』になって、ギガゾウのことを『アゴデコキツカウ』人になるんだからね」

フンス。とライオネルの鼻息が荒い。

いったいだれがライオネルにこういう言葉を教えているのか。

しかし、ギガゾウには、そんなことを気にしている余裕はない。

ただただ苦悩し、頭を抱えていた。


「お待たせー。お化け屋敷怖かったよー」

クレイたちが戻ってきた。クレイの声に、ギガゾウはまたも固まる。

「クレイお帰りー。ギュー」

迎えたライオネルがクレイに抱き着いている。

「どうだった。どうだった?」

「ろくろ首がね、凄く怖かったよ」

「ろくろ首って、何?」

「首がにゅーって伸びて、巻き付いて人を絞め殺すんだ」

「えー、うそー」

「うそじゃないよ。お化け屋敷にちゃんといたよ」

クレイとライオネルは楽しそうにお化けの話をしている。

「ちょっと、しっかりしなさいよ。まったく役に立たないわねっ」

シーネから怒られているのはトロだ。

シーネにいい所を見せようと、意気揚々とお化け屋敷に入ったのだが、入ったとたん、女性より大きな悲鳴を上げていた。

その上、途中からシーネの後ろに隠れていたのだ。

それに一緒に入った人足三人衆も青い顔をして、大人しくなっている。

「あ、あ、あのクレイ……」

ギガゾウはなんと声をかけていいかわからない。大分ぎこちなくなってしまっている。

「はい。おみやげ」

クレイはギガゾウに茶色い塊《かたまり》を手渡してくれた。

「え？」

思わず受け取るが、手の中の物が何だかわからない。

「はい、ライにも一個。お化け屋敷の隣に売ってたんだ。カルメ焼き、美味しいよ。ごめんねギガゾウ。その……俺五百ウーノしか持ってなくて、俺と半分こなんだ」

クレイは、一個二百五十ウーノのカルメ焼きを二個買うのが精いっぱいだったのだ。

一つをライオネル。

もう一つをクレイとギガゾウで半分こしている。

ギガゾウがクレイの手元を見ると、綺麗に割れなかったのかクレイのカルメ焼きの方が随分と小さい。

「坊主ぅ……」

ギガゾウは自分を恥じた。クレイはクレイだ。

乙女と言われていようが、女っぽい所があろうが、何だろうが、そんなことは関係ない。

自分は何を悩んでいたのだろう。

「甘くて美味しい～」

ライオネルがカルメ焼きを頬張っている。

ギクリ。

ギガゾウの動きが止まる。ギガゾウの手の中にあるカルメ焼きは、砂糖で出来ている。

というか、ほぼ砂糖の塊《かたまり》なのだ。

ギガゾウは甘いものが苦手だ。めちゃくちゃ苦手なのだ。

「お、お、俺は食ってみせるぞぅ。坊主が俺にくれたんだからなっ。全部食ってみせるっ!!」

人足たちが哀れな者を見る目でギガゾウを見ている。

ギガゾウはピーマンと人参とシイタケをまとめて食べさせられている小学生のような顔をしながら、なんとか苦行を成し遂げたのだった。

＊＊＊

さて、もうすぐライオネルの誕生日がやってくる。

クレアの誕生日の時には、ライオネルから手作りのブローチという宝物を貰った。

ぜひとも自分もライオネルに、お返しがしたい。

いや、違う。お返しなんかじゃない。

ライオネルに、大好きだという気持ちを伝えたい。

クレアの本当の家族になってくれて、ありがとうという感謝を伝えたいのだ。

やっぱり手作りがいいよねぇ。だって、買ってきたものをただ渡すだけだなんて、味気ないではないか。一生懸命、愛情を込めて作ったものを贈りたい。

大丈夫。髪の毛を織り込んだり、血を混ぜたりはしないから。

十一歳にしては高給取りのクレアだが、生活費もあり、自由に使えるお金はほぼない。

これでは手作りの材料を買うこともままならない。どうしたものか……

悩んでいたクレアに女神が手を差し伸べてくれた。シーネだ。

シーネが自分は使わないからと、編み物セットを貸してくれたのだ。その上、余っているからと、毛糸を沢山くれた。本当に女神以外の何者でもない。

シーネに向かって両手を合わせるクレアだった。

さて、何を作ろうか。

クレアにはないが、前世のおばちゃんには編み物の心得が少々ある。

超大作は作れないが、そこそこのものならいける。セーターは編めるが、柄の入ったセーターは編めない。そんな感じだ。

シーネから貰った毛糸は三種類。黄色と白と緑。

黄色はひよこみたいに柔らかい色だし、白はフワフワの手触り。緑はちょっと濃い色合いで、アクセントに使うと良さそうだ。

綺麗な黄色の毛糸を見ながら考える。

これからだんだんと寒くなってくる。

何をプレゼントしようか？　手袋？　マフラー？　頑張ってセーターいっちゃう？

出来ればいつも身につけることが出来る、普段使いのものがいい。

でも、ライオネルの仕事は、掃除やお使いと、身体を動かすことが主だ。

手袋をして掃除は出来ないし、マフラーは邪魔になりそうだ。セーターはすぐに汚れてしまうだろう。

頭を捻《ひね》ったクレアはポンと手を打つ。

腹巻！

おお、ナイスなアイデア。腹巻だったら暖かいし、毎日でも使ってもらえる。

腹巻に決定しよう。まだまだライオネルは小さい子どもだ。腹巻を使ってくれるだろう。オシャレに気を使うお年頃じゃなくて良かった。

クレアは早速腹巻の製作に取り掛かる。と、その前に。

まずはライオネルのお腹周りのサイズを知る必要がある。毎日ハグしているとはいえ、クレアの手はライオネルの背中に回しているので、お腹周りの正確なサイズはわからない。

ライオネルに言えば、すぐに測らせてくれるだろうが、やはりプレゼントの準備は秘密裏に行いたいものだ。

「うーん」

「クレイ、どうしたの、お腹痛いの？」

ライオネルの腹囲をいかに調べるかを考えていたクレアの前に、本人がやってきた。

これは願ってもないチャンス到来。

「ちょっとお腹がさぁ」

「え、やっぱりお腹が痛いの、大丈夫？」

「大丈夫なんだけど、ここん所がね」

クレアはセクハラをする前世の職場にいた係長のような手つきでライオネルのお腹を触る。

「あ、違うな。ここかな、こっちかな」

今度は満員電車で不埒《ふらち》なことをする痴漢のように、ライオネルのお腹を撫で繰り回す。

腹巻のサイズを測るという目的が、いつの間にか、ただライオネルを触って楽しんでしまっている。

「きゃ〜、やめて、ヤメテ。くすぐったいっ！」

ライオネルは大きな声を上げながら、身を捩《よじ》ってクレアから逃れようとするが、満面の笑みを浮かべている。

「もうっ。クレイが意地悪するのなら、僕もクレイをくすぐってやる！」

ライオネルがクレアの脇腹をくすぐりだす。

「きゃー、くすぐったいっ」

「やめて、やめて」

二人できゃあきゃあ言いながら、大騒ぎする。

ここはファーガ商会の休憩室で、近くのテーブルでギガゾウが自分も参加したそうに、ガン見しているのだが、スルーしておく。ギガゾウにくすぐられたら、あばら骨が折れてしまう。

さて、ライオネルのお腹周りのサイズは、ほぼ把握出来たので、早速製作に取り掛かることにする。

本体は黄色。そして白のボーダーを入れよう。

せっかく緑もあるけどクレアの腕前では、これ以上の技術はない。どうにか出来ないだろうか。

女神シーネにいい方法はないか、お伺いをたててみる。

「えー、私に編み物が出来るわけないじゃない。出来ないからクレイに編み物セットを貸しているのよ。ほら、私って形から入るタイプでしょう。編み物を始めようって材料を揃えたんだけど、やっぱりお菓子作りの方が楽しそうだから、今はそっちをやっているの。今度クッキーを焼くから、おすそ分けするわね」

編み物のやり方は聞けなかったが、クッキーを貰えそうなので良しとする。

しょうがない、腹巻が出来上がってから、イニシャルを緑の毛糸で刺繍《ししゅう》しよう。

ライオネルの誕生日まで一カ月を切っている。一刻の猶予《ゆうよ》もない。

お仕事中に編み物をするわけにはいかないし、出来ればライオネルには知られたくない。

そうなると必然的に、男爵家で作業することになるのだが、そうするとかなり難易度が上がる。

編み物としてはそこまで難易度は高くない。問題は作業場だ。

クレアの部屋で編み物をすることになるのだが、部屋には鍵が掛からない。鍵が掛からないと安全が確保出来ない。侍女たちやパトリシアが勝手に部屋に入ってくるからだ。

手抜きとはいえ、掃除をしに入る侍女たちはまあわかるとして、パトリシアはなぜ入ってくるのか。

たっまーに母親から髪飾りやブローチなんかの装飾品を貰うことがある。

買って気にくわなかったり、似たようなものを買ってしまったりと、持て余したものをくれる時があるのだ。勿論安物限定なのだが。

前世を思い出すまでのクレアにとっては、それは母親からのプレゼントで、大切な宝物だった。その宝物をパトリシアは奪いに来るのだ。

パトリシアにすれば、クレアが持っている装飾品なんか、洟《はな》も引っ掛けない品物なのだが、クレアが大切にしている品物は奪わないと気が済まない。

クレアが大切にしているというのがポイントなのだ。

奪い取った後は、ポイと捨てるかなくしてしまうかなのだが。

編み物セットなんか見つけた日には、必ず取っていくだろう。

子ども用ドレスを解体した時も気を使ったが、今度はもっと気を付けなければならない。

部屋の中をグルリと見渡す。元々物のない部屋だ。編み物セットなんか置いたら、凄く目立つ。

狭い部屋の中をウロウロと隠し場所を探して回る。ドレッサーに隠そうかとも考えたが、数着しかドレスが入っていないので、スカスカで見つかりそうだ。

「隠す所、隠す所……」

あ、前世の若者の定番の隠し場所を思い出した。

青少年たちがエロ本を隠す場所。それはベッドの下。

手抜き掃除の侍女たちはここまで掃除はしないし、お嬢様のパトリシアは跪《ひざまず》いてベッドの下なんか覗き込みはしない。

よし、置き場所は決まった。後は実行あるのみだ。

クレアは頑張った。

久しぶりの編み物は、忘れている部分もあって、思い出しながらの作業のため、結構手間どった。睡眠時間は短くなるし、肩も凝《こ》る。目もしょぼしょぼする。

それでも、ライオネルの笑顔を思い浮かべる。

喜んでくれるだろうか。使ってくれるだろうかと思うと、全然苦にはならない。

大好きな人のためにやることは、頑張れる。

頑張ったクレアがプレゼントの腹巻を完成させたのは、ライオネルの誕生日の二日前だった。

第四章　別れ

「まったく陛下は人使いが荒い。なあ、そう思わないか」

馬車の中とは思えないほどに広々とした車内にゆったりと腰をかけているのは、ジンギシャール国の大臣、ジュライナ公爵だ。年の頃は三十代前半。深紅の瞳に、やや吊り目気味のアーモンドアイをしており、なかなかの美青年といえる。

ジュライナ公爵は、自分の向かいの席に座る男性に問いかけている。

話の内容は愚痴《ぐち》だが、その口調はどちらかというと楽しげだ。

「ははは、そうですな。ワーカリッツ国で行われる堅苦しい式典に出席させられるとはいえ、その前に少しゆっくりする時間を頂けて、よろしかったですな」

笑い声を上げる男性は、この国の近衛騎士団の団長グルナイルだ。

真っ黒い髪を短く切り揃え、しっかりとした眉毛が凛々《りり》しい。一九〇センチを超える身長と、がっしりとした体型の美丈夫《びじょうふ》だ。年齢はジュライナ公爵とそう違わないだろう。

侯爵位を賜っているが、代々、武勲《ぶくん》を挙げて爵位を上げてきた家系なので、領地は狭い。

領地経営はほぼ人任せで、国王陛下の安全のために全てを捧げている。

そんなグルナイルが国王陛下のもとを離れ、ジュライナ公爵と共に馬車に乗っているのは、隣国ワーカリッツで行われる式典に参加するためだ。

ジュライナ公爵は式典の国賓として、近衛騎士団団長グルナイルは、式典のレセプションとして行われる競技会の招待選手としてだ。

レセプションとしての競技会というと軽く聞こえるが、実際は毎年行われている、国同士のプライドをかけた熱いものだ。

競技会の内容は、騎士による競技大会であり、自国が強い騎士を抱えていることを他国に知らしめるものだ。

近衛騎士団団長のグルナイルが参加するようになって三年、優勝は常にジンギシャール国のものとなっている。

おかげで、毎年この時ばかりは国王陛下のもとを離れて、隣国へ赴《おもむ》かなければならない。

「ネライトラ領に着いたら、少しゆっくり出来るのでしょう？　あそこは有名な酒があるらしいですから楽しみですな」

「ああ、堅苦しい式典に出る代わりに少しはゆっくりさせてもらうさ。私としては、温泉を楽しみたいものだな」

ジュライナ公爵は無類の風呂好きで、公務などで向かった先では温泉や珍しい公衆浴場には必ず行くようにしているのだ。

「ああ、その前に、公共事業の視察があったな」

「そうでした。関所が土砂崩れで埋まってしまったという件ですな」

「今年の長雨の一番の被害だ」

ジュライナ公爵は当時の状況を思い出しているのか、静かに目を伏せる。この土砂崩れの復旧のために、どれほどの税金が投入されたことか。

「直接現場に行かれますか？」

「いや、一旦請負業者の所に行って、そこの責任者と共に現場に向かう予定だ」

「畏《かしこ》まりました」

グルナイルは頷く。

グルナイルは競技会に参加するためにジュライナ公爵に同行しているが、それとは別にジュライナ公爵の護衛という任も受けている。

国王陛下の安全のため、近衛騎士団のほとんどを王宮に残してきたが、部下を何人か連れてきている。

しかし、それだけでは心もとないので、第一騎士団、第二騎士団から応援を募り、即席の騎士団を作り同行させているのだ。

グルナイルが馬車に同乗しているのはそのせいだ。

本来ならば騎馬で同行する所だが、即席の騎士団では、不測の事態が起こった時に対処が遅れるかもしれない。本人の隣にいないと、守れるものも守れない時がある。

馬車は小さく揺れながら、ネライトラ領へ向かっていった。

途中で宿に泊まるのだが、公爵ともなると安宿に泊まるというわけにはいかない。少し遠回りをしてでも、高給宿に宿泊するので、片道一週間の所が、九日ほどかかってしまっている。

毎日毎日馬車で揺られ、ウンザリした所でやっとネライトラ領へと辿り着くことが出来た。

ジュライナ公爵たちは、まず工事の請負業者であるファーガ商会へと向かう。

先に連絡をしてあったので、玄関先でファーガ商会の頭取であるイッツ・ファーガが、ジュライナ公爵たちを待っていた。

「遠路はるばるお越しくださいまして、ありがとうございます。お疲れになられましたでしょう、どうぞ、こちらにお越しください、お茶の準備をしております」

イッツの先導で応接室へと向かう。そこでお茶を飲みながら、工事に関する報告を受け、それから現場に向かう段取りだ。

工事はほぼ完成しており、後は確認作業のみとなっているらしい。

ファーガ商会は大きな建物で、田舎だからこその贅沢な敷地の使い方をしている。手前の本館から入り、来賓《らいひん》用の応接室のある別館へは、渡り廊下で繋がっている。

別館に応接室があるのは、イッツ自慢の贅を尽くした庭を渡り廊下から見せるためだ。

「この庭を見てください。私の自慢なのです」

イッツは大きなジェスチャーで庭を示した。美しい花々が咲き誇り、池や四阿《あずまや》を際立たせている。まるで幻想の世界にいるようだ。

「ほう、ファーガ商会の庭は美しいとは聞いていたが、これほど素晴らしいとは思ってもいなかったな」

ジュライイナ公爵の社交辞令にイッツは鼻息を荒くしている。

高位貴族の手前、喜びを露わにすることは出来ないが、その顔は喜色満面だ。

「ん？　あれは……」

庭を見回していたジュライイナの視界の隅に、それは映った。

四阿《あずまや》の陰にピョコピョコと動くものがあり、快晴の太陽の光を弾いている。

思わず動くものを目で追ってしまったジュライナだったが、その表情は徐々に険しいものへと変わっていった。

「まさか、まさか、まさか……」

ジュライナの小さな声は誰にも聞こえない。

そして、四阿《あずまや》に向かって、いきなり走り出した。

「ジュライナ様どうされたのですかっ。危のうございますっ、お戻りくださいっ！」

慌ててグルナイルが止めようとするが一瞬遅く、グルナイルの手は、ジュライナに届くことはなかった。

ジュライナは走り続ける。ただ一点を目指して。

全力で走るジュライナを、グルナイルや随行の騎士たちが慌てて追いかける。

しかし、目的地に着くまで、ジュライナに追い付ける者はいなかった。

＊　＊　＊

ライオネルは浮かれていた。

そうはいっても、ここ数日、ずっと浮かれているのだが。

まあ、仕方がないのだ、なにしろ明日は自分の誕生日なのだから。浮かれるなと言う方が間違っているというものだ。

明日のことを思うと、顔が勝手ににやけてしまう。

クレイが誕生パーティーを開いてくれると言ったのだ。

それだけでも飛び上がるほど嬉しいのに、管理課のシーネと一緒にケーキを焼いてくれると約束してくれた。それも大好きなリンゴを入れたケーキだ。

凄く楽しみだ。楽しみで、楽しみで仕方がない。

それに、クレイは隠しているけれど、編み物をしているのをライオネルは知っているのだ。

クレイが昼休み、隠れてコソコソと何かをしているようだったから、こっそり覗いて見てしまった。黄色い毛糸で何かを、一生懸命編んでいた。

クレイがニコニコと、凄く楽しそうに編み物をしていたから、あれは絶対自分へのプレゼントに違いない。ライオネルは確信したのだ。

頬を両手で包み込んでウフフと笑ってしまう。早く明日がこないかなと、思ってしまうのだ。

「おーい、ライオネル」

ウィルの呼ぶ声に振り返る。

普段ライオネルは管理課庶務係に椅子を置いてもらって、そこに待機している。

ウィルは同じ管理課に所属していて、同じ部屋にいるのだが、今は外から帰ってきたらしく、入り口から呼んでいる。

「悪いが裏庭の方の掃除を頼む。他の所の掃除は終わっていたんだが、裏庭の四阿《あずまや》の所だけ、掃除し忘れていたみたいなんだ。あそこは玄関から応接室までの廊下から見えるから、絶対掃除しておかないと駄目な場所なんだ」

ウィルは渋い顔をしている。この忙しい時に、仕事のモレがあったのだから。

今日は国の偉い人が視察に来るらしく、昨日から全職員総出で、徹底的に掃除に取り組んだ。

ライオネルも一緒になって昨日はクタクタになるまで掃除したのだ。それなのに、やり忘れた場所があったなんて、がっかりだ。

「はーい」

ライオネルは元気に返事をすると掃除用具入れへ向かっていく。

仕事でクタクタになるのは大変だけど、何だか嬉しい。

自分がそれだけ商会の役に立てていると思えるから、ちょっぴり誇らしいのだ。

他の職員さんたちは、偉い人が来る準備といって、バタバタと走り回っている。ライオネルはそんな気忙《きぜわ》しい中、四阿《あずまや》の周りを丁寧に掃除していく。

毎日、色んな仕事を頼まれるが、掃除もそのうちの一つだ。随分慣れて手際も良くなってきている。キチンとした掃除を終えて庶務係の自分の席に戻る。

もうすぐ偉い人が来るらしいので、庶務係の部屋から出ないようにと言われているのだ。

庶務係の部屋はファーガ商会の建物の奥の方にあるため、表の方の出来事はわからない。偉い人が到着したとしても、この部屋にいる限り、ライオネルにはわからないのだ。

「あ、どうしよう」

思わず独り言が漏れる。

掃除が終わった四阿《あずまや》に塵取《ちりと》りを置き忘れてきたのに気が付いたのだ。

大切なお客様がいつ来るかもわからないのに、どうしよう。

大切なお客様に四阿《あずまや》の塵取《ちりと》りを見られたら、どうしよう。

だらしない商会だと思われるかもしれない。

自分のせいで商会に迷惑がかかるかもしれない。

ライオネルは意を決して、庶務係の部屋から出て、裏庭に急いだ。

まだ大丈夫。まだ、お客様はいらしていないはずだ。

ライオネルが裏庭の四阿《あずまや》まで急いで行くと、やはり四阿《あずまや》の柱に立てかけられるようにして塵取《ちりと》りがあった。

「良かった」

早く塵取《ちりと》りを回収して、庶務係の部屋まで戻らないと、職員の人に怒られてしまう。

ライオネルは塵取《ちりと》りを手にすると、踵《きびす》を返そうとした。

「ジュライナ様どうされたのですかっ。危のうございますっ、お戻りくださいっ！」

怒鳴るような男性の声がして、一気に辺りが騒がしくなった。

何だろう。

ライオネルがそちらに顔を向けると、何人もの大人たちがライオネルの方へ走ってくるのが見えた。凄い勢いだ。

まさか、塵取《ちりと》りを忘れていたのがばれて、怒りに来たのだろうか。

ライオネルは怖くなって、その場で固まってしまった。逃げるという考えが浮かばなかったのだ。

「ああ、なんという、なんということだ。陛下の御小さい頃と生き写しだ。そっくりだ。間違いない、間違いないっ。陛下のお子様に間違いない」

一番先頭で走っていた男性がライオネルの前まで来ると、片膝をついて、ライオネルの肩に手をかける。まるで逃がさないといわんばかりに。

いきなり肩を掴まれたライオネルは固まったまま、怯えた瞳で男性を見つめる。

「ご無礼をお許しください。私はジュライナと申します。公爵位を賜っております。どうかお名前を教えていただけますか」

「え……ライオネルです」

とても高級そうな服を着た人だ。もしかしたら、大切なお客様なのかもしれない。失礼なことをして、商会に迷惑をかけたらいけない。

ライオネルは、呟くような小さな声で答える。

「ライオネル様。いいお名前ですね。素晴らしい名前だ」

ジュライナは、感無量という風にうんうんと頷く。

その頃には、何人もの大人たちがライオネルを囲むように集まってきていた。見たこともない制服のようなものを着た、体格のいい大人たちに囲まれて、ライオネルは不安で泣きそうになっていた。

「……お母様の、お母様のお名前を教えていただけますか」

凄く真剣な表情でジュライナが質問してくる。

唾を呑み込んだのか、ジュライナの喉仏が上下するのがライオネルには見えた。

なぜ、母親の名前を聞かれるのかわからない。

なぜ、こんなに大勢の大人たちに囲まれるのかわからない。

ただ怖かった。早く解放してほしいばかりに、ライオネルは素直に答えた。

「ラーラ……」

「あああっ、間違いなかった。陛下とラーラのお子様だっ。そうだっ。やはりそうだったのだっ。なんという、なんという僥倖《ぎょうこう》だろうっ。素晴らしい、神よ感謝します」

いきなりジュライナが叫びだし、結構な力でライオネルを抱きしめた。

初対面の男性だ。ライオネルはとっさに抗い、その腕から逃れようとするが、子どもの力では無理だった。

「ああ、申し訳ありません。あまりに嬉しく、ご無礼をお許しください。ライオネル様は陛下とラーラのお子様です。すぐに陛下のもとに、お父上様のもとにお連れいたします」

訳がわからず抵抗するライオネルを、ジュライナは、なんと抱え上げたのだ。

「えっ、嫌だっ、離してっ」

いきなりのことにライオネルは暴れるが、小さな子どもの抵抗など成人男性には通用しない。

「離せっ、離せっ、いやだーーーっ」

偉い人だろうと、もう構わない。

ライオネルはジュライナの腕から逃れようと、力いっぱい手を振り回し、足をバタバタと動かした。

何が起こったのかわからなかった。

ただそれでも、悪いことが起きるということだけはわかったのだ。

ライオネルは、ただただ声を張り上げていた。

＊＊＊

「グルナイル、すまない、頼む」

「はっ」

ライオネルが全身全霊で抵抗するので、さすがにこれ以上抱えていられない。

ジュライナは、ライオネルをグルナイルへと渡した。

グルナイルはライオネルを軽々と抱えると、抵抗など歯牙《しが》にもかけず歩き出す。

「あぁあ、なんと素晴らしいことだ。早く、早く陛下のもとへお連れしなければ。陛下はご存知ないのだ、ラーラが身ごもられていたことを。ライオネル様のことをお知りになればどれほど喜ばれることか。我が国に本当のお世継ぎが見つかったのだ。なんと素晴らしいことだ。早く馬車の準備をしろっ。王宮へ戻るぞっ！」

「閣下、恐れながら申し上げます。ワーカリッツ国の式典はどうなされますか」

興奮したまま、足早に建物に戻ろうとするジュライナに、随行員が慌てて声をかける。

「ライオネル様を一刻も早くお連れしなければならないのだっ！　式典になど出ている暇はないっ。お前が出ておけ」

「わっ、私がですか⁉」

ジュライナは、ワーカリッツ国の式典にジンギシャール国の代表として、国賓として招かれている。

しかし、それは些末《さまつ》なこと。

陛下の御子であるライオネルを見つけた今、ライオネルを陛下のもとへとお連れすること。それ以外に重要なことなどないのだ。

そのことしか考えられなくなっているジュライナには、その大切な御子であるライオネルの泣き叫ぶ声がまるで聞こえてはいなかった。

「いやだーっ、放せーっ、嫌だ嫌だっ。クレイ、クレイ、クレイーーーっっ。助けてーっ」

ライオネルの悲痛な泣き声にもグルナイルの腕は少しも緩まない。

陛下のために……グルナイルの心には、ただその思いしかなかったのであった。

＊＊＊

「閣下、どうされましたかっ。ライオネルが何か無作法をしてしまいましたでしょうか？」

泣き叫ぶライオネルを抱き上げ、建物へ向かう一行にイッツが慌てて声をかける。

しかし、ジュライナはイッツに視線を向けることもなく建物の中に入り、馬車を止めている玄関へ足を向ける。

「恐れながら閣下、ライオネルをどこへ連れていかれるのですか。ライオネルが、どのような不始末をしでかしたのかはわかりませんが、ライオネルは幼い子どもでございます。ご容赦ください。どうかお願いでございます」

いきなり四阿《あずまや》へ走っていったジュライナが、泣き叫ぶライオネルをどこかへと連れていこうとしているのだ。

イッツは訳がわからなかった。

「どうか、どうか、お許しください。ライオネルを連れていかないでください。ライオネルが罪を犯したというのであれば、私が負います。私が償います。どうか、幼いライオネルをお許しください」

商会の職員たちもライオネルの泣き声に集まってきているが、高位貴族が相手だとわかると見ていることしか出来ない。

泣き叫ぶライオネルを誰も助けることが出来ないのだ。

「閣下、どうかお許しください。ライオネルには兄がおります。祖父がおります。家族がいるのです。どうか連れていかないでください」

イッツは、なんとかジュライナの足を止めたかった。

このままだと、ジュライナとグルナイルはすぐに馬車に乗り込み、ライオネルを連れ去ってしまう。

彼らがライオネルをどこに連れていこうとしているのかはわからない。

だが連れ去られたら、ここへは二度と戻ってこられない気がする。

ライオネルは、二度とクレイと会えなくなってしまうのだ。

「閣下、どうかしばし時間をください。ライオネルの兄が近くにおります。どうぞ、どうぞ、その者が来るまで、少しの間お待ちください。すぐにまいります。ほんの少しの時間でございます。お願いいたします」

なんとかジュライナを止めようと、イッツは必死に声をかける。

「偽りを申すなっ。ライオネル様をお父上様のもとへとお連れするのだっ。兄や祖父などと偽者にかまけている暇はない！」

泣き叫ぶライオネルを抱いたまま、グルナイルが一喝《いっかつ》する。

商会の全ての者が、二人が兄弟ではないことを知っていた。あまりにも似ていない二人だった。

それでも、二人は家族だった。互いを思いやって生きている本当の家族だった。

あれほどに慈《いつく》しみあっていた二人を偽者というのか。悔しくてたまらない。

いくら商会の頭取であろうと、平民であるイッツが高位貴族であるジュライナに話しかけるのは、無礼にあたる。身分の低い者から話しかけるなど、してはならないことなのだ。

それでもイッツはジュライナに食い下がる。

その上ジュライナの行動を止めようとする。世の中の秩序を乱す行為だ。どのような罰を下されるかわからない。

ファーガ商会にも圧力をかけられるかもしれない。

それでも、イッツはためらわなかった。

クレイとライオネルを見てきたから。

二人がファーガ商会で働くようになった時から、ずっと見てきたから。

寄り添いながら、手を取り合って、一生懸命働いていたのを知っているから。

小さな子どもを働かせてと、眉をひそめる人もいた。

だがイッツは、そんな言葉に耳を傾けることはなかった。

二人はどんな大人よりも一生懸命に働いていたから。

真面目にまっすぐに、そして、楽しそうに働いていたから。

「お願いでございます。どうか、どうか、クレイが来るまででいいのです。クレイに会わせてやってください。どうか、お待ちくださいっ」

イッツは懇願した。

ジュライナに触れることは出来ない。それでも縋《すが》るように願い出たのだ。

イッツに対するジュライナの返答は……

無視だった。

ライオネルの泣き叫ぶ声も、イッツの懇願の声も、高位貴族には聞こえていなかった。

届かなかった。

ジュライナとグルナイルは、イッツや商会の職員たちを一瞥《いちべつ》もせずに、馬車へと乗り込んで行ってしまったのだ。

ライオネルは連れ去られてしまったのだ。

イッツは自分のあまりの無力さに、その場に膝をついた。

どうしようもない虚無感とやり場のない苛立ちが湧き上がってくる。

ライオネルの泣き叫ぶ声が耳に残っている。その声を振り払うように頭を上げると、ふと視線が止まる。

ライオネルがいた管理課のドアに。

『ライオネル、お誕生日おめでとう』

ドアに掛けられたプレートが、風を受け微かに揺れている。

イッツは、プレートを長い間ただ見つめていた。

＊＊＊

クレアは、今日も現場に来ていた。

もう何度も現場に足を運んでおり、通訳の仕事にも慣れ、ワーカリッツ国の技術者の人たちともスムーズに交流出来るようになってきた。

ワーカリッツ国から通訳はクレアにと、指名も入るようになってきたのだ。

「指名の次は、同伴出勤だと思っていたのに、この現場は終了してしまうのね」

残念な思いのクレアだった。

「おーいっ！　坊主ぅー」

ギガゾウがブンブンと手を振りながら爆走してくる。笑顔らしきものを浮かべたギガゾウは、やくざの抗争で相手の組を殲滅させた戦闘狂のように見える。

怖い怖い怖い怖い。

迫力がありすぎるんだから、突っ込んでくるな。

「今日も現場だったのかぁ。坊主は偉いなぁ」

はにかむギガゾウ。

上目づかいをしたいのだろうが、いかんせんクレアの方が身長は低い。無理だ。

クレアはギガゾウが凶悪犯顔ながらもはにかんでいると判別出来る、希少な存在だった。

「あのよぉ、今日は珍しく饅頭《まんじゅう》売りが来ていたんだ。クレイはこの頃よく現場に来るだろ。だから今日も来るかもって」

ギガゾウは竹の皮で包まれた饅頭《まんじゅう》を差し出す。作りたてで、まだ温かい。

「え、俺にくれるの？　うわ〜っ、ありがとう」

饅頭《まんじゅう》はちゃんとライオネルの分まで二個ある。饅頭《まんじゅう》の包みを胸に、クレアは大喜びだった。

「だから言っただろう、饅頭《まんじゅう》はクレイのために買っているんだって。ギガゾウは甘いのは苦手だからな。俺はピンときたぜ」

「まったくだ。来るかどうかもわからないクレイのために、いそいそと饅頭《まんじゅう》を買うギガゾウは真の貢君《みつぐくん》体質だな」

「言えてるー。もうすぐしたらよう、『預金通帳』とか『家の登記簿』とか、クレイに差し出しちまうんじゃないか」

「「「ありえるー」」」

ギャハハハハッ!!

ギガゾウと共にクレアの所にやってきていた人足たちが好き勝手なことを言って大笑いしている。

「そこっ、煩《うるさ》いぞっ！」

思わず怒鳴るクレアだった。

午後の仕事をサクサクと終わらせたクレアはお饅頭《まんじゅう》を胸に送迎馬車に乗り、ファーガ商会へと帰っていった。

「ラーイっ。お饅頭《まんじゅう》貰ったよーっ。一緒に食べよー」

馬車はファーガ商会の裏に止まる。

クレアは馬車から飛び降りると、そのまま建物の中へと入り、ライオネルがいるであろう管理課庶務係へ走る。

なかなか食べることが出来ない甘味を貰い、テンションが上がっているのだ。

「え？」

一歩、管理課の中に入ったクレアは、異様な雰囲気に戸惑い立ち止まる。

何かがおかしい。

部屋の中央付近にはウィル。その隣にはライト。管理課長のリーンや営業課長のセージもいる。

みながみな、俯き、何かに耐えるような顔をしている。

誰一人として言葉を発しない。それなのに、シーネのすすり泣きが聞こえてくる。

何かあった？

いったい何があったのだろうか。みんながこんなに暗い顔をしているなんて。雰囲気に呑まれ、クレアの胸が、ざわつく。嫌なものに包み込まれるような、恐怖感が湧き上がってくる。

なによりも、ライオネルがいないのだ……

「みんな、どうしたの？　ねえ、ライは。ライはどこにいるの？」

クレアは誰にともなく問いかける。

みんなは、クレアの問いに答えるどころか、顔を上げもしない。

俯き、何かに耐えるかのように手を握りしめている。

なぜ誰も答えてくれないのだろう。なぜ誰もクレアを見てくれないのだろう。

息苦しくなってくる。

なぜここにライオネルはいないのだろうか。

早く、早くライオネルに会わなければ。ライオネルの所に行かなければ。

焦りがクレアの中に湧き上がってくる。

「ねえっ！　ライはどこにいるのっ。ねえってばっ。誰か教えてっ」

クレアの悲鳴のような問いかけに、ウィルが顔をノロノロと上げる。

「クレイ、ライオネルはいない。もう帰ってこないんだ……」

「え、いないってどういうこと？　どこに行ったの。帰ってこないって、何で」

ウィルが何を言っているのか、理解出来ない。

「ライオネルは連れていかれた。ライオネルの親が見つかったんだ。……もう、ここへは戻ってこない」

「そんな……」

クレアの抱えていた饅頭《まんじゅう》の包みがポトリと足元に落ちた。

しかし、クレアはそのことに気づかない。

「ねぇ、どういうこと。ライオネルが連れていかれたって、誰に？　教えて。その人の所に行くから。ライを返してもらいに行くから」

ウィルの服に縋《すが》り付く。

焦るばかりで、ただ強くウィルの服を握りしめることしか出来ない。

「だめだ。相手は貴族だ。俺たちが何をしたってダメなんだ。諦めろっ」

「……え、嫌だ。やだっ、やだっ、諦めるなんて出来ないっ。出来るわけがない。ライを返してもらうっ。絶対返してもらうのっ。私の家族なんだから。大切な家族なんだから。お願い、教えて、誰の所に行けばいいの。ライに会うためには、どうしたらいいの」

クレアの声はだんだんと悲鳴のようになっていく。

それでも、クレアが何を言っているのかは、そこにいる全ての人たちにはわかっている。

「堪えろっ！　相手は貴族だ。お前が行ったたって、門前払いか、下手をすれば分不相応なことをしたと罰せられる。諦めるしかないんだ」

ウィルがクレアを抱きしめる。ウィルの身体は小刻みに震えている。

「やだ。だって私の家族だよ。大切な、大切な……家族だよ。どうして、どうして。返して、ライを返して……やだーーーーっ！　いやだぁっ。ライーーーっ。ライーーーっ」

泣いて暴れるクレアをウィルはただ強く抱きしめることしか出来ない。

ウィルも泣いている。

周りの者たちも、誰も、どうしてやることも出来ない。

クレアの泣き叫ぶ声が、ただただ辺りに響いていた。

◇◇◇

ライオネルが連れ去られて、クレアが何もしなかったというわけではない。

クレアはすぐにライオネルの後を追おうとした。

ハートトレイ男爵家には未練など一欠片もなかったので、家出してしまえばいいし、王都までの旅費は、茶色のビンの中のものを使わせてもらうつもりだった。使った分は、再会出来た時にライオネルに謝って、クレアが責任をもって弁償しようと思ったのだ。

しかし、ライオネルが連れ去られた場所は王都。

クレアの住むハートレイ男爵領からは、馬車で片道一週間以上はかかる。ネライトラ領から王都行きの馬車を探して乗ったとしても、王都まで無事に行き着けるかと言われると難しい。安全とは言えないのだ。

わずか十一歳の子ども、それも女の子が保護者もなしに王都へ行くのは、貞操《ていそう》の危機どころか、命の危機がある。

クレアがどんなに願っても、どうしようもないことだった。

それでもクレアは、少しでも手がかりが欲しかった。

ライオネルが連れ去られた時、クレアはファーガ商会の人たちにライオネルが誰に連れ去られたのか聞いて回った。ライオネルを連れ去った貴族の名前が知りたかったのだ。

しかし、ファーガ商会の全ての人々は口を閉ざした。

相手は貴族。貴族を相手に何かをすれば、クレアが罰せられる。ファーガ商会の人たちはクレアの身を案じたのだ。

クレアは、ライオネルを連れ去った貴族の名前を知ることは出来なかった。

八方ふさがりになったクレアは、そのまま泣いて暮らしていたわけではないが、何をする気にもなれなくなった。

ファーガ商会にも、あの日以来行っていない。

行くと、たぶん喚《わめ》き散らして醜態《しゅうたい》を晒してしまうから。

そして、周りの優しい人たちを責めてしまうから。

なぜライオネルを行かせてしまったのかと、なぜクレアが戻るまで、引き留めてくれなかったのかと。

何の落ち度もない優しい人たちを、ただ悔しくて苦しいからと、責めてしまいそうだったから。

それに、家族を奪われたクレアには、働く必要がなくなってしまった。お金なんか必要なくなってしまったのだ。

ガーロ爺さんの所にも行かなくなった。行かなくなったのではなくて、行けなくなった。

ガーロ爺さんはライオネルが連れ去られた事実を受け入れられなかった。ショックが強すぎたのだ。

『自分の孫』だと公言するほど可愛がっていたライオネルをいきなり連れ去られ、二度と戻ってこない。その悲しみに耐えられなかった。

クレアと共に泣いて、泣いて、泣いて、身体を壊してしまったのだ。

男爵家の庭師を続けることは無理になり、すぐに辞職した。生活もおぼつかなくなり、クレアが二つ向こうの街に住む息子さんに連絡を取り、迎えに来てもらった。

息子さんの一家に引き取ってもらえるように頼んだのだ。息子さんはすぐにガーロ爺さんの所に駆けつけてくれた。息子さんの奥さんや子どもさんたちも、快くガーロ爺さんを迎え入れてくれたらしい。

クレアはホッと胸を撫で下ろした。

ガーロ爺さんもいなくなり、クレアはただ日々を暮らしていくだけになった。

ライオネルがいなくなり、全てがなくなってしまったのだ。夢も希望も目標も。

クレアの手元に残ったのは、硬貨で半分ほど埋まった茶色のビンと、ライオネルが贈ってくれたブローチだけだった。

パトリシアや男爵家の者たちがクレアをどんなに蔑《さげす》んでも虐《しいた》げても、クレアの心には何一つ響かなかった。透明の幕が張られた向こうの世界の出来事のように、クレアには実感がなかった。

ただ日々を過ごしていく。クレアの生活は時間が流れていく。それだけになってしまったのだった。

ボンヤリと日々を過ごしていたクレアだったが、クレアが十四歳になった時、兄グレイシスが王立ジンギシャール学園に入学するために家を出ていった。

学園は王都にあるので、寮に入ったのだ。

ジンギシャール国の貴族の子息子女は十六歳になると王立ジンギシャール学園に入らなければならない。王都にある二年制の学園は、貴族としてのマナーや社交を学ぶためのもので、全ての貴族の子どもにとって義務となっている。必ず入学しなければならないものだ。

ふと気が付いた。

ライオネルは貴族に連れていかれたと聞いた。貴族の息子だったのだと。

ならばいずれ、王立ジンギシャール学園に入学するのではないだろうか？

そう、クレアも、貴族になったライオネルも、ジンギシャール学園に入る。

二人ともジンギシャール学園に通うはずなのだ。

会える！

ライオネルと会える!!

その思いが、今までただボンヤリと時間が過ぎるだけの生活を送ってきたクレアの中に、再び強い光を灯した。

ライオネルに会って、また家族になるんだ。たった一人の本当の家族を、この手に取り戻すのだ。

絶対に諦めない。

ジンギシャール学園に入学して、ライオネルと再会する。

クレアは強く決意するのだった。

＊　＊　＊

騎士団長グルナイルは困惑していた。困惑というよりは苦悩と後悔と自己嫌悪と、グチャグチャの感情に囚われて、身動きの取れない状態に陥《おちい》っていると言っていい。

どうしたらいいのかわからないのだ。

自分の頭を両手でぐしゃぐしゃにしてみても、一向に名案は浮かんでこない。全てが後手後手に回ってしまい、取り返しがつかない所まで来てしまっているのだ。

陛下が愛《いつく》しまれていたラーラが行方不明になって、十年以上の年月が経つ。

なぜラーラが陛下のもとからいなくなってしまったのか、その理由は陛下はもとより周りにいた私たちにも、誰一人としてわからないままだった。

まさかラーラが陛下の御子を、一人で育てていたなど思いもしていなかった。

もし知っていたならば、どんなことをしてでも探し出して、ご苦労などさせはしなかったのに。陛下もどれほどの悔しさを、そのお心に抱えられたことか。

ジュライナ公爵が陛下の御子と思われるライオネルを発見されたことは、奇跡といっていい。

望外の喜びだったのだ。

あまりの嬉しさにジュライナ公爵は普段の冷静さや、議会で見せる的確な処理能力を一切なくされてしまった。

ジュライナ公爵は、すぐに視察を中断して、ライオネルを王宮へ、陛下のもとへお連れすること以外、何も考えられなくなってしまっていた。

見ず知らずの大人に抱きかかえられ、泣いて嫌がるライオネルのことを顧みることはなかった。

それは自分も同じで、ライオネルが精いっぱい抵抗していることを無視したのだ。

王都に向かう馬車の中、浮かれた気持が少しずつ落ち着き、やっとライオネルの様子を気にかけることが出来るようになってきた。

だがそれは、あまりにも遅かった。遅すぎた。

ライオネルの瞳には、ジュライナ公爵と自分は、忌むべき犯罪者として映っていたのだから。

お心を完全に閉ざされてしまっていたのだ。

ライオネルへと色々と話しかけた。

お母様であるラーラのこと。今までの生活のこと。好きなこと苦手なこと。これから暮らす王宮のこと。父親である国王陛下のこと。

何でもいい、何かお答えいただきたかった。これから先のことに、少しでも興味を持ってほしかった。

しかし、ライオネルから返ってくる答えは、全て同じ。

ただ戻せと、早くクレイのもとへ返せと、ただそれだけしか言われなかった。

ライオネルが宮殿で生活するようになってからすぐに、ネライトラ公爵領に残していた部下から報告が届いた。

すでにラーラは亡くなっていたこと。

ライオネルは、わずか六歳にして母親を亡くし、その後現れた伯父に全ての財産を奪われ捨てられてしまったということ。

そして、その後の悲惨な生活の詳細が伝えられた。

部下から詳細な報告を聞かれた国王陛下の怒りは凄まじいものだった。

すぐに陛下は罪人たちに罰を与えるよう命令を下された。ライオネルを苦しめた罪人たちがのうのうと生活をしていることは、許されることではないからだ。

まず、ラーラを馬車で轢き殺した貴族の息子が捕えられた。四年近く前の事件とはいえ、目撃者も多く、事故のことを覚えている者も多かった。

犯人はネライトラ公爵の三男グスタフだった。酒を飲み、遊び半分で馬車を運転し、ラーラを轢き殺してしまったのだ。

グスタフに与えられた罰は極刑。

当たり前だと言える。

今、ジンギシャール国に、立太子された王子はいない。

将来ライオネルが国王となられるかもしれないのだ。ライオネルが国王になられたならば、ラーラは国母となる。国母になったかもしれなかったラーラを殺した罪は重い。

馬車の事故ならまだしも、酔った上での出来事だ。減刑は認められるはずはなかった。

次に罰を受けたのは、ライオネルの伯父である、グッツ・ルグリ。

ライオネルが受け取るべき賠償金を奪い取り、路頭に迷わせた人物だ。

グッツ一家はのうのうとネライトラ領で賠償金を元に店を開いて生活をしていた。

グッツと妻のイレイラ。二人は王族、それも直系の王族殺人未遂として極刑が命じられた。

賠償金を奪った上に、口封じのためにとライオネルを家から追い出したのだ。家から追い出された幼い子どもが生きていけるはずはないと知りながら。殺そうとしたのだ。

グッツの三人の娘たちは、父親がライオネルに対して行っていた暴挙を知っていながら、放置していた。父親と同罪と言えるが、未成年のため極刑は免れた。だが、着の身着のままで国外追放となった。

これらの処罰は、ライオネルの耳には一切入れられなかった。少しでもライオネルの憂いになることがないように、噂すら届かないよう細心の注意が払われた。

そして、グルナイルの部下からの報告には、続きがあった。

悲惨な生活を送るライオネルに寄り添う者たちがいたこと。ライオネルの家族となった者たちがいたことがわかったのだ。

ライオネルには祖父と慕う人や兄と慕う人がいた。

ライオネルが言われていた『クレイのもとに帰せ』という言葉。クレイとは、兄と慕う人のことであったのだ。

グルナイルはクレイ少年とガーロ爺さんを、大急ぎで王宮へと呼びよせることにした。ライオネルの恩人と思われる二人に礼を尽くさねばならないし、なによりライオネルが慕っておられる。ライオネルがこれから過ごされる日々を支え、手助けしてほしいと思ったのだ。

それなのに……

いなかったのだ。どこを捜してもいなかった。

ライオネルをお連れしてから、十四日しか経っていない。

それなのに、クレイ少年もガーロ爺さんもいなかったのだ。

最初はファーガ商会に聞き込みに行ったのだが、商会の職員たちは、全員がけんもほろろだった。

みんなで可愛がっていたライオネルをいきなり拉致し、クレイ少年を蔑《ないがし》ろにした私たちに、いい感情を持っているはずがないことは重々承知していた。

それでもなんとか、ライオネルが暮らしていたという小屋の情報を得たのだが、すでにそこは〝もぬけの殻〟だった。

誰一人おらず、小屋は閉められていたのだ。

家主であるガーロ爺さんはハートレイ男爵家の庭師だったそうだが、すでに職を辞めており所在は不明だった。周りの使用人たちにも話を聞いたが、誰一人ガーロ爺さんの行方を知る者はいなかった。

体調を崩したらしいという話は聞けたが、そこまでだった。

そして、一緒に住んでいたはずのクレイ少年のことは誰一人知らなかった。

彼の居場所どころか、クレイ少年がガーロ爺さんの所にいたということを知る者がいなかったのだ。

ライオネルがガーロ爺さんの孫として一緒に住んでいたことは、全員が知っていた。

ガーロ爺さんがライオネルをとても可愛がっていたとみなが口を揃えて言う。

それなのに、クレイ少年の存在は誰も知らない。

どういうことだ？

近辺に住む少年たちをしらみつぶしに調べて回ったが、とうとうクレイ少年を捜し出すことは出来なかった。八方ふさがりになってしまったのだ。

ライオネルの瞳が冷たさを増していく。王宮の誰にも心を開こうとはされない。

実の父親である国王陛下にすら冷たい目を向けられるのだ。どんなに国王陛下がライオネルを慈《いつく》しんでも、ライオネルがそれに応えることはない。

ジュライナ公爵と自分は陛下の御子の発見に、嬉しさのあまり浮かれてしまい罪を犯してしまった。取り返しのつかない罪だ。ライオネルを大切な人たちから引き離してしまったのだから。

私たちは罰を受けなければならない。

国王陛下の前にジュライナ公爵と自分は並んで膝を折る。幼いライオネルを深く傷つけた罰を受けるために。

陛下からの沙汰が、どんなに重いものでも、自分たちは喜んでそれを受け入れる。

「お前たちへの罰は、我が下すものではない。ライオネルが大人になった時、その時にライオネル自身が、お前たちに沙汰を下すだろう。それまでは、お前たちと、お前たち一族全ての者たちをもってライオネルに仕え盾となれ。ライオネルに全身全霊を捧げよ。それが今のお前たちに出来ることだ」

頭《こうべ》を垂れた自分たちにかけられた陛下の御言葉は、あまりにも自分たちに都合の良いものだった。

ライオネルのお側に控えることが出来るどころか、一族郎党でライオネルにお仕え出来るなど、どれほどの喜びか。

「お前たちがライオネルを見つけ出してくれたこと。礼を言う」

陛下からの御言葉に、流れる涙を止められず、ただ頭《こうべ》を垂れるしかなかった。

ライオネルに心からの忠誠を誓うのだった。

第五章　再会

クレアが、この王立ジンギシャール学園に入学して、一年の月日が経った。

二年制の学園の上級学年生になったのだ。

あと少しで、一歳年下のライオネルが学園に入学してくるはずだ。再会出来る。

学園に入学してからの一年間、クレアは、ただ待っているだけではなかった。

この学園に入学したのはライオネルに会うためだ。

子ども一人では王都に行くことが出来なかったから、入学まで動けなかっただけで、
クレアは一分一秒だって早くライオネルに会いたい。会って家族を取り戻したい。

ライオネルに会えるのなら、学園なんて今すぐに辞めたって構わない。

クレアはライオネルを捜す努力を、この一年間続けてきた。

まずは学園の図書館で貴族名鑑を借りて調べた。クレアはライオネルを連れ去った貴族の名前を知らない。どんなに聞いても、ファーガ商会のみんなは教えてくれなかったからだ。

ライオネルを捜すために貴族の屋敷に押しかけるとしても、王都にいる貴族の数は多すぎる。

しかし、残念なことに、貴族名鑑には当主名しか載っていなかった。毎年更新されている貴族名鑑だが、家族構成すら載っていなかったのだ。

こうなれば、時間がかかったとしても、しらみつぶしに捜すしかない。

授業には勿論出席するが、休みの日には王都の街に出て、貴族の家へ突撃をかまそうと思っていた。

が、クレアは舐めていた。ジンギシャール学園を甘く見ていた。

ジンギシャール学園は全国から貴族の子どもが集う学園だ。

そう、学園内にいるのは全てが貴族。中には豪商の子どももいるが、ほぼ貴族。学園内で石を投げたら貴族に当たる。そんな学園なのだ。

そんな高貴な貴族のお坊ちゃまお嬢様を、ホイホイ学園の外に出すはずがなかった。

危険とわかっていることをさせるはずがなかった。

責任を問われるようなことを、許すわけがなかったのだ。

休みの日に王都に出ようなんて、夢のまた夢だった。

それどころか、学園の敷地から一歩たりとも外に出ることは叶わなかった。

クレアは何も出来なかった。ライオネルを捜すために、徒歩で行ける距離の王都に出ることも出来なかったし、ライオネルの家名を知ることすら出来なかったのだ。

ただ学園にカンヅメになっていただけの、空しい一年間だったのだ。


本日はジンギシャール学園の入学式だ。

クレアは朝から浮かれていた。

今日こそはライオネルに会えるはずだ。

ライオネルは今日の入学式の主役の一人として、学園に来るはずなのだ。

入学式は午後からだというのに、クレアは朝から式典の行われる講堂の近くをウロウロしていた。

ライオネルが来るのを今か今かと待っているのだ。じっとしていられない。楽しみで仕方がない。

ライオネルは、もう十六歳。どれほど大きくなっただろうか。

クレアの記憶の中のライオネルは十歳になる前日で止まったままだ。あの頃はクレアより身長も低かったし、体重も……

幼い顔でいつも笑いながらクレアとハグをしていた、その眩《まぶ》しい笑顔を思い出し、尊さで胸が痛くなる。

ライオネルを捜しながらキョロキョロと辺りを見回す。

ライオネルは新入生だから、入学式が行われる講堂に来るはずだ。学園の正門から講堂までの道のりを、朝から行ったり来たりと、何往復もしてしまっている。

入学式は午後から行われるとわかってはいるのだが、どうしてもジッとしていられないのだ。

ん？

本校舎と講堂の間にある中庭のベンチに一人の少年が座っているのに気が付いた。

キラキラのイケメンだ。独特の顔立ちをしており、もしかしたら外国の子かもしれない。

真新しい制服に身を包んでおり、新入生だとすぐにわかる。

あれ？　何だか見覚えがある。

基本引きこもりのクレアは、ファーガ商会以外の人間関係は希薄だ。社交界にも出たことはない。

母親がクレアを自分の娘として連れていくのは恥ずかしいからと止められていたからだ。

だから、このイケメンを知っているはずはない。

それなのに、何だか既視感があるのだ……

だが、これほどのイケメンを忘れるはずはないから、思い出せないというのなら、気のせいだろ。

もう一度イケメンを見る。

何だか顔色が悪い。ベンチに座っているのだが、何かを思い詰めたような表情をしている。

まさか具合が悪いのだろうか？

まだまだ早い時間だ。入学式までには時間がある。

そのためか、人通りは少ない。

それに、ただベンチに腰かけている男子生徒を気にかける人はいない。

だけど、クレアは気づいてしまったのだ。どう見たって具合が悪そうに見える。

前世が、おばちゃんだったクレアにすれば、具合が悪そうな子どもを放っておくことは出来ない。お節介だとわかっているのだが、心配してしまうのだ。

どうしよう、どうすればいいのか。チラチラとイケメンを窺ってしまう。

＊　＊　＊

リューライトは困っていた。

ワーカリッツ国から留学してきた自分は、慣れない国で〝水あたり〟を起こしてしまったらしい。

初めて訪れた学園が珍しく、見て回っているうちにだんだんと腹が痛くなってきたのだ。

道を聞こうにも、言葉が通じない。

この国の貴族は嗜《たしな》みとしてワーカリッツ語が堪能だと聞いていたのだが、声をかけた全ての者がワーカリッツ語を話すことは出来なかった。

勿論、リューライトもジンギシャール語を習っていたが、自分の切羽詰《せっぱつ》まった状態を、ジンギシャール語で伝えることは難しかった。

そして、とうとうベンチに腰かけて動けなくなってしまったのだ。

＊＊＊

クレアが気をもんでイケメンを窺っていると……

「きゃあ」

可愛らしい声と共に、イケメンの前で少女が派手に転んだのが見えた。

少し距離があるので細かい所までは見えないが、ハニーピンクの髪、華奢《きゃしゃ》な体形……

嫌というほど見覚えがある。

そういえば、妹のパトリシアも今年入学の新入生でしたね。

クレアはちょっと遠い目をしてしまう。

身分の高そうなイケメンを狙って、すっごくわざとらしい転び方をしたように見えたのは、きっとクレアの心に純真さが足りないからだろう。

妹の登場……パトリシアと関わりたくないクレアは、その場を去ろうかと思った。

パトリシアは、イケメンと親しくなるきっかけが欲しいはずなので、相手の具合が悪ければ、これ幸いと看病を申し出るだろうから、救護室に連れていくぐらいはするはずだ。

目の前で女の子が転び、イケメンは手を差し伸べようとしたもののそのまま呻《うめ》いている。相当苦しそうだ。

パトリシアは目の前のイケメンの状態には一切気づかないのか、頬を染め何やら楽しそうに話しかけている。

そして、イケメンがワーカリッツ語を話し出すと、固まった。

パトリシアはワーカリッツ語を喋れないのだ。

この国の貴族の子女は、隣国ワーカリッツに嫁いでもいいように、ワーカリッツ語を、会話はもとより、読み書きも徹底的に習う。

勿論パトリシアも習った。

習ったからといって、身につくかというと、それとこれとは別問題なのだが。

パトリシアに付いていた家庭教師は、パトリシアの可愛らしさを褒め称えるのが仕事のような人だったから、パトリシアがワーカリッツ語を習得するのは無理な話だった。

こう聞くと家庭教師が悪いように聞こえるが、パトリシアの気分次第で家庭教師はクビにされていたから、無職にならないためにはそうせざるをえなかったのだろう。

パトリシアは、いきなり立ち上がると、イケメンを置いて、どこかへと走り去ってしまった。ワーカリッツ語がわからないからと言って、態度があからさますぎるだろう。

その上病人を置いていくなんて、あんまりだとお姉ちゃんは思うよ。

しょうがない。クレアはイケメンのもとへと近づいていく。役に立たない妹の代わりに、イケメンを救助しなければならないのだ。

「動けませんのでしょう。背中におぶさってくださいまし」

クレアはイケメンの前に背を向けて屈み込む。〝おんぶ〟されろのポーズだ。

「え、え？　ええ……」

イケメンは固まってしまっている。

苦しいし、助けてもらいたいのはヤマヤマなのだろうが。見ず知らずの女生徒にいきなり〝おんぶ〟されろと言われて、はいそうですかと出来るものではないのだろう。

「あ、言葉が……」

イケメンはクレアがワーカリッツ語を喋っているのに気が付いたようだ。

クレアは面倒くさいので、初めからワーカリッツ語で話しかけている。

「はいはい、戸惑っていないで、早くおんぶされてくださいまし。救護室へと連れていきますわよ」

丁寧な言葉遣いになるように気を付けてはいるが、グイグイ背中を押し付けていく。

「女性におんぶをしてもらうなど……」

「まどろっこしいのですわ。おんぶが嫌なら肩を貸しますわよ。体調が悪いのでしょう。

救護室へとお連れしますわ。動けますの？」

「いや、女性にそんな……」

「ウダウダ言ってんじゃねーよ。さっさと言うこと聞きやがれっ！」

面倒になって口調を強めると、イケメンはポカンと口を開けたまま固まってしまった。

令嬢だというのに、なんて荒々しい言葉遣いなんだ……とでも思っているんだろう。

「ほら、ゆっくりでよろしいのよ。おんぶが嫌なら肩を貸しますわ。立ち上がってくださいまし」

イケメンは驚いたまま、再度のクレアの催促にお腹を庇《かば》いながらなんとか立ち上がる。

＊　＊　＊

「さあ、救護室までまいりますわよ。ゆっくりでいいから頑張りましょう」

リューライトは、まじまじと女生徒の顔を見る。

言葉遣いや所作は貴族令嬢に間違いないのだが、貴族にありがちな美貌《びぼう》ではない。どちらかというと庶民のように地味な容姿だ。

それなのに、誰も話せなかったワーカリッツ語を流暢《りゅうちょう》に話し、怯《ひる》むことも臆することもなく、男性の自分を〝おんぶ〟しようとしていた。

その上、煮え切らない自分を叱りつけてくれたのだ。

こんな女性は、初めてだ……

「いや、すまないがトイレに行きたいのだが」

女性に対して、こんなことを言いたくはなかった。リューライトは、ほのかに顔を赤らめる。

「まあ、お腹が……。早く気づいて差し上げれば良かったですわね。お腹が痛い時は、出しちゃえばよろしいのですわ。さあ早くスッキリしましょう。トイレはあちらですわよ」

女生徒は気分を害するどころか、にこやかにリューライトをトイレに導いてくれた。

＊　＊　＊

「しっかり出してくださいまし」

白い小さな建物。イケメンをトイレへ連れていくと、その中へ押し込んだ。

イケメンがへたり込んでいたベンチのすぐ側。わずか三十メートルほど先に、その建物はあったのだ。

クレアは思う。お腹が痛い時は、出せばいいのさ。出すだけ出したら治るって。

どんなイケメンだって、トイレに行かなきゃいけない時はあるんだものねぇ。

ドンマイ・イケメン。

イケメンがトイレに入る時に、やれお礼がしたいだの、やれ名前を教えてくれだの言っていたが、トイレに連れていったぐらいでお礼を貰おうとは、はなから思わない。

それにクレアには、ライオネルを見つけ出すという崇高《すうこう》な使命があるのだ。

トイレで留まっている暇はない。

さっさとその場から離れて、またキョロキョロと辺りを窺う。

一分一秒でも早く、愛しい家族と再会したいのだ。


「きゃあ」

少し離れた場所から、またも可愛らしい声が聞こえてきた。

デジャビュ。

クレアはウンザリとする。妹は、また何をやらかしているのだろうか。

建物の角から顔を出してみると、パトリシアが尻もちをついているのが見えた。

誰かとぶつかって転んだようだが、相手は案の定イケメンだ。

ちょうどこちらに顔を向けているので、クレアにはイケメンの顔がよく見えた。黒に近い赤毛に、ちょっと垂れ目の瞳。目尻に泣き黒子《ほくろ》がある。キャラはフェロモン垂れ流し系のようだ。

あれ？　何だか見覚えがある。それにキャラって何だ？

自分の考えを疑問に思ってしまった。

さっきのイケメンの時もそうだったが、何だか既視感があるのだ……

でも、思い出せない。モヤモヤするが、どうしようもない。

パトリシアを見てみると『痛いですわぁ』と、甘い声を上げている。うん、大丈夫そうだ。

イケメンの方は、見るからに訝《いぶか》しそうにしている。

それはそうだろう。身分が高ければ高いほど、身辺には気を付けているはずだ。いきなりぶつかってきた相手を警戒するのは当たり前。

パトリシアが考えているように、可愛ければ何をしても大丈夫、とはならないのだ。

パトリシア、お姉ちゃんは見なかったことにさせてもらうよ。

それに、今お姉ちゃん、ちょっと忙しいのよ。

ライオネルがどこにいるのか捜しに行かなきゃならないからね。

そっとその場を離れるクレアだった。

◇　◇　◇

「クレア様ったらボンヤリされて、どうなさったの」

おっとりとした少女の声に、クレアは我に返る。

「ごめんなさい皆様。あんまりお天気がいいので、気が緩んでしまいましたわ」

「本当に、今日はお天気が良くて気持ちいいですわね」

クレアの返事にテーブルに着く少女たちが、同意するように頷いてくれる。

今クレアは食事中。クラスメートたちと昼食を取っているのだ。

午前中はとうとうライオネルを見つけることは出来なかったが、入学式は午後から行われるのだ。まだライオネルは来ていなかったのだろう。午後の入学式に合わせてくるに違いない。

「もう私たちも上級学年生。一年間なんて、あっという間でしたわ」

「本当に。自分たちが上級生になるなんて、まだ実感が湧きませんわ」

クレアの左側に座るレティシアと、対面に座るアイーナが頷き合っている。

「私、入学式が楽しみでなりませんのよ」

「あら、私もですわ。だって一年間だけとはいえ『奇跡の世代』と、ご一緒出来るのですもの」

「ええ、私も」

クレアの右隣に座るターニャの言葉に、レティシアとアイーナが賛同し、クレアだけが何のことかわからずに取り残された。

「『奇跡の世代』とは何ですの」

「まあ、クレア様ったらご存知ないの？　ライオネル様たちのことですわ」

「ライオネル様⁉」

思いもかけない名前を聞き、クレアの動きが止まる。

「そうですわ。ライオネル様とその側近様たちをみんなで『奇跡の世代』と呼んでいるのですわ」

ターニャが嬉々として説明を始めた。


この国ジンギシャールの第二王子であるライオネルと、その側近たちは、偶然にも全員が同じ歳で、この春、学園に入学してくるのだという。

ライオネル王子を筆頭に、全員が見目麗しいイケメン揃いの上に、文武両道のエリート集団なんだとか。

だから『奇跡の世代』と呼ばれているのだそうだ。

ライオネルの名前を聞いた時、一瞬うろたえたクレアだったが、すぐに考え直した。

ライオネル第二王子は王族。それも直系の王族だ。クレアの家族のライオネルではない。

なぜなら、ライオネルを攫《さら》うようにして連れ去ったのは貴族だと、ファーガ商会の人々は言っていたから。

この国にはライオネルが多すぎる。男性名としては一番多いのではないだろうか。前世のおばちゃんの記憶でいう所の、たろう君やたかしちゃんあたりだと思われる。

クレアがこの学園に入学した時も、上級生に二人、同級生に一人のライオネルがいた。

一応全員確認するために教室に突撃をしたクレアだったが、案の定、かすりもしない別人だった。

「ウフフ、私はジェイナイド様が一番の推しですわ」

「まあ、私はやっぱり『完全無欠の王子』と呼ばれるライオネル様ですわ」

ぼんやりと少女たちの話を聞いていたクレアは違和感を覚える。完全無欠の王子と呼ばれるライオネル第二王子。そして側近のライウス宰相の嫡男ジェイナイド。

「近衛騎士団団長の嫡男アルクイット・グルナイル。公爵家の双子の兄ジュリアーノ・

ジュライナ……」

クレアの口から勝手に言葉が飛び出してくる。

それは、呟きのように小さかったけれど、周りに座っている少女たちには聞こえたようだ。

「まあ、クレア様ったら。興味がないようにおっしゃっていたけど、ちゃんとご存知でしたのね」

レティシアが嬉しそうに微笑んで、口元を扇で隠す。

しかしクレアはレティシアの言葉に反応出来なかった。

クレアは混乱していたのだ。

知らないはずの情報をなぜ自分が知っているのか。

似ている。あまりにも似ている。前世でおばちゃんが若い頃やり込んだ乙女ゲーム。

『君の瞳の中の僕の恋心』という名の乙女ゲームにそっくりなのだ。

学園の名前。攻略対象者たちの名前。

それだけじゃない、攻略対象者たちの身分や肩書までもが一緒だ。こんなことがあって、いいのだろうか。

まさか、ここは乙女ゲームの世界？　乙女ゲームの中に自分は転生してしまったのだろうか？

そして、驚くことに、乙女ゲームの主人公の名前はパトリシア。

パトリシア・ハートレイ男爵令嬢。ハニーピンクの髪の華奢《きゃしゃ》な美少女。

クレアの妹のパトリシアが乙女ゲームのヒロインだったのだ。

「まじでぇ」

令嬢らしからぬ叫びを心の中で上げるクレアだった。


この乙女ゲームの攻略対象者は、全部で六名。ライオネル王子と王子の側近たち三名、そして隣国からの留学生の王子リューライト。プラス隠れ対象者一名だ。

まさか、先ほどトイレへ連れていったイケメンは、隣国の王子リューライトではなかったか。

どうりで見覚えがあると思った。

ん、ちょっと待って。

そういえばリューライト王子が入学式の日に体調を崩すイベントがあった。

たしか、オープニングイベントの『入学式の天使』。

ワーカリッツ国から留学のためにやってきたリューライトは、入学式の当日、体調を崩してしまい動けなくなる。そこをヒロイン・パトリシアに助けられるのだが、パトリシアは名前も言わずに去ってしまう。

リューライトはパトリシアのことを『入学式の天使』だと心に刻む。

そんなイベントがあったはず。

まさかあれか、あのトイレに連れていったあれだったのか。そんなに何度もリューライト王子が体調を崩すことはないだろうから、やはりあれがイベントだったのだろう。

でも待って、ヒロイン・パトリシアは言葉が通じなくて王子を助けず、どこぞへと行ってしまったし、結局はクレアがリューライトをトイレに連れていった。

王子は自分を置いて去っていったヒロインのことを、まさか『天使』とは思わないだろう。

これって、イベントが変わったっていうこと？

先にヒロインの役を放棄したのはパトリシアだ、まさかクレアのせいではあるまい。

ちょっとビビってしまう。

入学式には他にもイベントがあって、入学式会場の前で、公爵家の双子の兄、ジュリアーノ・ジュライナとぶつかるというやつもあったはず。

そうだ！　パトリシアとぶつかって、怪訝そうに見ていた男子生徒のことを、どこかで見た顔だと思ったけどあれはジュリアーノだった。

攻略対象者のジュリアーノは好意的な視線ではなかったみたいだったけど、こっちのイベントも変わってしまったのだろうか？

いやいやいや、自分は途中で踵《きびす》を返してしまったからわからなかっただけで、あの後に恋の花が咲いたかもしれないではないか。

うん、そう思っておこう。

ヒロインがいて、攻略対象者たちがいる。

イベントも発生しているようだし、やっぱりここは乙女ゲームの世界のようだ。

昼食の席で、友人たちと歓談しながら、心の中では修羅場《しゅらば》なクレアなのだった。

◇　◇　◇

止まらない。涙が止まらない。

後から後からクレアの頬を流れていく。

壇上に立つライオネルを見てしまったから。

新入生総代として、ライオネルが壇上に上がった時、クレアは驚きに息を呑んだ。

だって、第二王子が新入生総代だと紹介があったのだ。

今から壇上に上がるのは第二王子だと。

「貴族だって言ったじゃない。第二王子だなんて、立派な王族じゃん……うそつき」

クレアはファーガ商会の人たちが言っていた、ライオネルは貴族に連れていかれたという言葉を信じていた。

だからこそ、王都にいる貴族を片っ端から調べて回ろうと思っていたのだ。

それなのに……

クレアの瞳からまたも涙がこぼれ落ちる。

クレアたち在校生は入学式が行われている講堂の最後尾に座っている。

壇上に一番近い位置が新入生、その後に保護者が続く。そして最後がクレアたち在校生だ。

壇上は明るく照明があるため、後方の席は暗くて見えない。ましてや最後尾近くにいるクレアのことは、どうしたってライオネルから見えることはないだろう。

ライオネルの姿を見ながら、クレアはひっそりと涙を流し続ける。

クラスごとに席が決まっているため、クレアの両隣りには同じクラスの友人、ターニャとレティシアがいる。

しかし、二人とも壇上のイケメン王子に心を奪われているのか、隣で泣くクレアには気づいていない。

ライオネルに会えた嬉しさと絶望で、クレアの涙は止まらない。

ライオネルは大きくなっていた。遠くて細かい所までは見えないけれど、背も随分と高くなっている。もう、クレアを追い越しているだろう。

体格もガリガリであばらが浮いていたなんて信じられないほどしっかりしている。顔も精悍な大人の顔つきだ。幼くへニャリと笑う、思い出のライオネルではない。

凛々《りり》しいしっかりとした大人の表情をして、新入生総代としての言葉を述べている。

今すぐにでもライオネルの側に駆け寄って抱きしめたい。会いたかったと、会えて嬉しいと、伝えたい。

それなのに……クレアがどんなに望んでも、頑張っても、王族のライオネルと会うことは出来ない。それどころか爵位の低いクレアは、ライオネルに近づくことすら出来ないだろう。

王族と貴族では、それほどの隔《へだ》たりがあるのだ。

「思い立ったらハグしていいって約束したのに……いつでも、どこでも、何回でもハグしようって約束したのに……ライのうそつき。近づくことだって出来ないじゃん」

クレアの小さな呟きは、ライオネル第二王子の見目麗しさにキャアキャア騒ぐ女子生徒たちの歓声に邪魔され、誰にも届くことはなかった。

クレアには夢があった。

家族をつくること。クレアのことを愛してくれる家族をつくることだ。

ライオネルがいなくなって、それでもクレアはライオネルを家族だと思っていた。

勿論今でも思ってはいるが、ライオネルが連れ去られ、貴族になったというのなら、一緒に住むことは叶わないだろうと考えてはいた。

それでも、ライオネルの住む屋敷の近くに家を借り、年に数回でもいいから会いたいと、会って笑いあいたいと思っていたのだ。

ライオネルが奥さんを貰って、子どもが出来て、歳を重ねていく。

それをクレアは近くで見たかった。

奥さんと話してみたかったし、子どもを抱っこしてみたかった。

ライオネルのつくる家庭の近くに、クレアもいたかったのだ。

嗚咽《おえつ》が漏れないよう、しっかりと歯を食いしばる。そして自分自身を叱咤する。

今まではライオネルが生きているのかすらわからなかった。

貴族に連れ去られたと聞いたが、本当にそうなのかも半信半疑だったからだ。

あんなに綺麗な子だ、もしかしてと、嫌な想像が湧いてきた時もあったし、ライオネルが助けを求めているかもしれないと眠れない夜もあった。

目の前には元気そうに成長したライオネルがいる。

想像以上に立派に美しく成長したライオネルが。

生きて、元気そうで、堂々としたライオネルを見ることが出来たのだ、何を悲観することがあるというのだ。

クレアは自分の両頬を両手で叩く。気合を入れろ、悲しむのはライオネルに対して失礼だ。

第二王子として、立派に成長したライオネルをバカにすることだ。

クレアは上級学年。来年の三月には卒業する。

まだ時間はある。約一年間、自分はライオネルを見ることが出来る。

近づくことも、話すことも叶わないが、ライオネルを遠くからとはいえ、見ることは出来るのだ。

この一年間を心に刻もう。ライオネルを遠くからでも見つめて、その一瞬一瞬を思い出として忘れないでおこう。心に刻もう。

クレアは決心すると涙を拭い、壇上へ目を向けるのだった。

シリアスに締めくくったクレアだったが、しばらくしてライオネルと学園の中で再会を果たすことになる。

そして、ライオネルに捕まり、溺愛されまくって、オープニングの断罪イベントへと続くのだが、そんなことを今のクレアは知る由もないのだった。

書き下ろし番外編

みんなでご飯

「クレイ、この後だが、何か予定はあるかい？」

「あ、いえ何もないです。残業ですか？」

ウィルの問いに、クレアは答える。

関所の仕事も随分と進み、北側山肌部分の復旧作業は終了したから、以前に比べると急ぎの仕事は減っている。だが、仕事はまだまだあるから、残業なのかもしれないとクレアは思ったのだ。

商会としては、幼いクレアとライオネルを慮《おもんぱか》って基本残業はさせない方針なのだが、どうしても忙しい時には依頼せざるをえない場合が出てくる。そんな時クレアは、受けられるならば進んで残業を引き受けるようにしている。なにせ残業代は、基本時給×1．2倍なのだから。出来れば、毎日でも残業がしたいと思ってしまうクレアなのだった。言えないけど。

「いや、今日俺は早出だったから、仕事が早く終わるんだ。クレイたちと帰りが一緒になるから、飯でも食べに行かないかと思ってね。勿論奢るよ」

「えっ、奢りですかっ？　よろこんでーっ！」

「お外でご飯～」

子どもたち二人は、嬉しそうに手を取り合って喜んでいる。嬉しく感じる所は違うようだが、ウィルにすれば微笑ましい限りだ。

「さて、何が食べたい？」

「俺は〝テニース〟が良いです」

「僕も僕も」

ウィルの問いかけに、クレアは、はい先生！　のノリで手を上げて答える。隣ではライオネルも、ピョンピョンと飛び跳ねて同意している。

〝テニース〟という店は、この世界でいう所のファミリーレストランだ。それも、めっちゃリーズナブルだけど美味しいと評判だ。何だか前世で、似たような名前の店があったような……。そんな気がするクレアだった。店の名前の由来だが、何でも、店主と奥さんとの出会いがテニスコートだったからだそうで、どこの皇族だよ。と、またも前世を思い出しながら、一人ツッコミを入れるクレアだった。

ウィルは、正職員の幹部候補生だから高給取りだろうなとは思えるが、奢ってくれるからといって、ステーキ専門店の金鷲亭《きんわしてい》を指定するようなことをクレアはしない。前回金鷲亭《きんわしてい》に連れていってもらえたのは、クレアたちが落とし物を拾ったお礼だったからだ。たぶん経費で落とせたはず。だが今回はウィルの自腹だ。クレアはちゃんと弁《わき》えているから、子どもだが大人げないことはしない。前世では慎ましやかな喪女だったしね。

そしてそれは店に到着してからも変わらない。ウィルは、何でも好きなものを頼んでいいよといってくれたけど、ちゃんと価格帯の真ん中辺りを選ぶ。ずーずーしく高い料理をワザと選ぶわけでもなく、気を使いすぎて安い料理を選ぶこともしない。

料理の値段は良心的な価格のテニースだが、それなりに高い料理もある。ステーキとかステーキとかステーキとか。肉食女子（物理）のクレアにすれば、垂涎《すいぜん》の四文字の料理だが、それ以外にもちゃんと肉料理はあるのだから。

「俺は、オムライスがいいな」

「僕も。僕もそれにする！」

「え、ライもオムライスがいいの？　それなら俺は、こっちのグラタンにしようかな。そうしたら、ライと半分こして、二種類食べることが出来るよ」

「うんっ。僕も半分こがいい！」

自分が両方食べたくて、それとなく誘導するクレアだった。

クレアにすれば、前回の金鷲亭《きんわしてい》の時は、ステーキがメインだったから気づかなかったのだが、テニースのメニューを見て驚愕してしまった。さすがはファミリーレストランというべきなのだろうか、メニューの種類が多い。そして、それとは別に、テニースのメニューには前世で見知った料理名が、所狭しと書いてあったのだ。この世界は時々ミョーに『日本』臭い所があると不思議に思っていたけれど、料理もそうらしい。和食までとはいかないが、懐かしい料理名が色々とある。味まで同じかはわからないが、クレアは懐かしい料理名に、どれを食べようかと散々迷ってしまった。そして心に誓ったのだ、絶対にまた訪れて、全メニュー制覇してやるぞと。勿論ライオネルも一緒に。まあ、給料と生活費の折り合いがあるから、全制覇には、ちょっと時間はかかってしまうだろうけど。

「それだけでいいのかい？　遠慮はいらないよ」

メニューを見ながらキャッキャと話し合っているチビッコたちに、笑顔のウィルが問いかける。

「ありがとうございます。でも、食べすぎるとお腹が痛くなるので」

普段は質素倹約を旨としているクレアたちだから、こんな機会にはぜひとも大量に食べたいと思ってしまうのだが、いかんせん身体はチビッコ。ウィルに言ったことは本当で、容量が小さいのだ。

「じゃあ食べ終わったら、デザートを注文しようか」

「「ヤッター!!」」

太っ腹なウィルの言葉に、二人は大喜びだ。

テニースのオムライスとグラタンは、さすが評判がいいだけあって、美味しかった。仲良く半分こして食べたが、前世どおりの、懐かしい味だった。

しばらくすると、可愛らしい制服を着たウエイトレスさんが、クレアたちのもとにデザートを持ってきてくれた。クレアはバニラアイスで、ライオネルはイチゴアイスだ。勿論二人で半分こする予定だ。ワクワクとしながら、それでもお行儀よくデザートが置かれるのを待っていると、いきなりウエイトレスさんの行動がおかしくなってしまった。それまでは笑顔だったし、丁寧にクレアの前にアイスを置いてくれ、さあ次はライオネルの番だという時に、いきなり豹変したのだ。笑顔がなくなり、アイスをライオネルの前に乱暴に置くと、逃げるように戻っていってしまった。

クレアたちはあまりのウエイトレスさんの態度の変わりようにあっけにとられてしまったのだが、地を這《は》うような野太い声が聞こえてきて、理由がわかった。ウエイトレスさんは、怖がって逃げてしまったのだ。

「酷いぞぅ。酷いぞぅ」

クレアたちは声の方を振り返ると、驚きに固まる。

（うわぁぁ）

声を上げそうになってしまったクレアだったが、なんとか止まることが出来た。ここで声を上げてしまったら、相手が拗ねまくると十分に知っているから。ライオネルに至っては、怯えたように隣に座るクレアの腕を、ギュッと掴んでいる。

「ギガゾウ、驚くじゃないか」

ウィルが呆れたような声を出す。そこには、今まさに人を殺してきましたと言わんばかりの凶悪な顔をしたギガゾウが立っていた。なぜかフルフルと震えており、今にも問答無用の無差別殺人が始まりそうな雰囲気だ。そんなギガゾウの後ろには、数人の人足がいた。ただこちらは、思い詰めたようなギガゾウとは正反対に、何だかワクワクと期待した顔をしている。どうやら、現場から商会へと戻る途中に、窓際に座っていたクレアたちに気が付いて店に入ってきたようだ。

「酷いぞぅ。酷すぎるぞぅ。みんなだけで楽しく食事をするなんて。どうして俺を誘ってくれなかったんだよぅ。何で俺を仲間外れにするんだよぅ」

ギガゾウは、恨みがましい目をこちらに向けてくる。もじもじと拗ねているらしいが、実際には背中にオドロオドロしいオーラをまとっているようにしか見えない。

「仲間外れってなぁ。クレイたちと食事に行こうとした時、ギガゾウたちは、まだ現場だったからいなかったんだよ」

ウィルは呆れたように理由を言って聞かせているのだが、その言葉はギガゾウには届いていないようだ。

「俺も、俺も坊主たちと、食事に行きたかったぞぅ。一緒に行きたかったんだぞぉ」

ギガゾウの魂の叫びに、クレアは眉間に寄った皺《しわ》を、自分の親指と人差し指で押さえる。ギガゾウは良い奴だ。子ども好きの良い奴なんだ。それはわかっている。ギガゾウは、クレアたちに良かれと思って、色々と親切にしてくれる。それがわかっているからこそ、ギガゾウと食事にはあまり行きたくないのだ。いや、絶対に行きたくない。

ギガゾウは、よくクレアたちを食事に誘ってくれる。毎回毎回誘ってくれるから、何度かお誘いに乗ったことはある。勿論ギガゾウは、チビッコたちに気前よく奢ってくれるし、二人の食べたいと言ったものを注文してくれる。気前のいい良い奴だ。

ただ、良い奴すぎて、限度がない。ウィルにも言ったが、チビッコの容量は小さい。食べられる量なんてたかが知れている。それなのにチビッコと一緒なのが嬉しいギガゾウのテンションはＭＡＸまで上昇してしまって、あれもこれもと注文して、毎回さあ食えもう食え状態になってしまう。クレアは貧乏のプロフェッショナルだし、ライオネルは行儀がいい。食事を残すことには罪悪感がある。頑張って食べるが、人間無理なものは無理。チビッコの胃袋には限界が存在する。ギガゾウと一緒に食事をすると、その場どころか次の日まで胃が痛い思いをすることになってしまうのだ。

現場によく弁当を売りに来ている〝肉飯屋〟の本店が中央広場の近くに店舗としてあるのだが、そこに連れていかれた時のことを思い出し、思わず胃をさすってしまうクレアだった。ふと隣を見ると、ライオネルも胃を押さえている。クレアと一緒で、あの辛かった無限肉地獄を思い出したのだろう。

「俺も、俺も坊主たちと一緒に飯を食べるぞぅ。俺が坊主たちに奢ってやるんだからな」

ギガゾウはウィルへと、宣戦布告のようにビシリと指を突き付けている。ギガゾウのことを知らない周りの客からは、ウィルへの殺人予告のように聞こえたようだ。近くの女性客から、小さな悲鳴が聞こえてきた。

「ほーらやっぱり。ギガゾウは貢君《みつぐくん》の立場を取られそうで、焦っているんだよ」

「いやいやいや、嫉妬だよ嫉妬。貢ぐ相手を奪われたら、ギガゾウは生きてはいけないからな」

「言えてるぅ。ギガゾウは、貢ぐことが生きがいだからな。もうこのままいくと〝実印〟を渡した上に〝借金の保証人〟とかになっちまうんじゃないか」

「「「ありえるー」」」

ギャハハハハッ!!

人足たちが好き勝手なことを言って大笑いしている。

「そこっ、煩《うるさ》いぞっ」

思わず怒鳴るクレアだった。

「もうっ、ギガゾウったら、大きな声を出さないでよ。ほら、ここに座って」

ライオネルがギガゾウの腕を取ると、自分の隣に引っ張って座らせる。二人掛けのソファー席だが、クレアとライオネルが並んで座っているだけなので、席には余裕があった。

ライオネルは急にギガゾウが現れたりすると、インパクトのある顔にビックリして一瞬怯えてしまうが、ギガゾウが怖いのは顔だけだと、ちゃんとわかっている。ライオネルにすれば、歳は離れているがギガゾウのことを友達のように感じているのだ。

「まったくもう、ギガゾウは何を拗ねているんだよ。しょうがないからギガゾウには、僕の分のアイスをあげるね。はい、アーン」

ワザとらしく渋い顔を作ったライオネルは、イチゴアイスをスプーンですくうと、ギガゾウの口元へと持っていく。

「え、あの、いや」

ライオネルの差し出したスプーンを前に、どうしていいかわからずに、ギガゾウは慌てふためいている。幼い頃には親からアーンしてもらったかもしれないが、今のギガゾウにとっては、初アーンだ。

「アハハハ。じゃあ次は、俺がアーンしてやるよ」

クレアも自分のバニラアイスをスプーンですくうと、ギガゾウへと近づけていく。

「ううう、坊主たちぃ。俺は嬉しいぞぅ」

可愛いチビッコ二人からアーンされて感無量のギガゾウだが、このチビッコたちには黒い尻尾が生えている。いや、実際には生えていないのだが、ウィルや人足たちには見えてしまう。それも先がとんがっているヤツが。

「お、俺は食べるぞぅ。坊主たちが、自分の分を、俺に分けてくれているんだからなぁ。絶対に食べてみせるぞぅ」

「たんとお食べぇ」

ニコニコ顔のクレア。ライオネルも隠すことなくクスクスと笑っている。クレアもライオネルも、ギガゾウが死ぬほど甘いものが苦手なことを知っている。十分に知っているのだ。

ギガゾウは、次々と目の前に差し出される甘ーいアイスを、なんとか食べた。必死になって食べ続けた。食べ終わった頃には、それこそ屍《しかばね》になってしまっていたが。

クレアとライオネルは、デザートのアイスを再度注文してもらうと美味しく頂いた。アイスだけは、たっての申し出でギガゾウの奢りだ。

久しぶりの外食は、とても楽しかったし、美味しかった。お腹いっぱい食べることが出来た（お腹は痛くなっていない）。

苦笑いのウィルや、ぐったりしたギガゾウ。ギガゾウを介抱している人足たちに手を振ると、クレアとライオネルは、手を繋いでガーロ爺さんの待つ家へと帰っていくのだった。

新感覚ファンタジー
RB レジーナ文庫

聖女のざまあストーリー!

レジーナブックス Regina

「聖女など不要」と言われて怒った聖女が一週間祈ることをやめた結果→ 1

八緒あいら　イラスト：茲助

定価：704円（10%税込）

国を守護する力を宿した聖女のルイーゼは、毎日祈りを捧げることで魔物に力を与える『魔窟』を封印している。けれど長らく平和が続いたことで、巷には聖女など不要という空気が蔓延していた。そんなある日、ルイーゼは王子のニックに呼び出され「聖女やめていいよ」と言い渡されてしまい——

詳しくは公式サイトにてご確認ください
https://www.regina-books.com/

携帯サイトはこちらから!

本書は、2021年2月当社より単行本として刊行されたものに書き下ろしを加えて文庫化したものです。


この作品に対する皆様のご意見・ご感想をお待ちしております。

おハガキ・お手紙は以下の宛先にお送りください。

【宛先】

〒150-6008 東京都渋谷区恵比寿4-20-3 恵比寿ｶﾞｰﾃﾞﾝﾌﾟﾚｲｽﾀﾜｰ 8F
（株）アルファポリス　書籍感想係

メールフォームでのご意見・ご感想は右のＱＲコードから、
あるいは以下のワードで検索をかけてください。

アルファポリス　書籍の感想　検索

ご感想はこちらから

RB
レジーナ文庫

乙女《おとめ》ゲームの攻略対象者筆頭《こうりゃくたいしょうしゃひっとう》に溺愛《できあい》されています。
モブですらないのにナゼ？

棚《たな》から現《げん》ナマ

2023年8月20日初版発行

文庫編集－斧木悠子・森 順子
編集長－倉持真理
発行者－梶本雄介
発行所－株式会社アルファポリス
〒150-6008 東京都渋谷区恵比寿4-20-3 恵比寿ｶﾞｰﾃﾞﾝﾌﾟﾚｲｽﾀﾜｰ8階
TEL 03-6277-1601（営業）　03-6277-1602（編集）
URL https://www.alphapolis.co.jp/
発売元－株式会社星雲社（共同出版社・流通責任出版社）
〒112-0005 東京都文京区水道1-3-30
TEL 03-3868-3275
装丁・本文イラスト－藤実なんな
装丁デザイン－AFTERGLOW
（レーベルフォーマットデザイン－ansyyqdesign）
印刷－中央精版印刷株式会社

価格はカバーに表示されてあります。

落丁乱丁の場合はアルファポリスまでご連絡ください。

送料は小社負担でお取り替えします。


ISBN978-4-434-32463-5 C0193